Haki Stërmilli
Sikur të isha djalë
Risjellë në shqipen e sotme

GUSTAV FLOBER
Zonja Bovari
KLASIKËT
RL BOOKS

BALZAK
Xha Gorioi
KLASIKËT
RL BOOKS

Anne Frank
DITARI I ANA FRANKUT
RL BOOKS

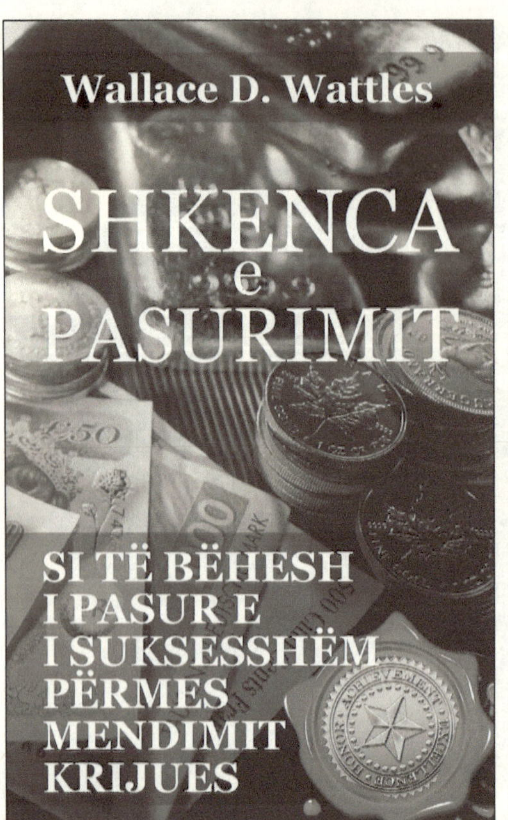

Dritan Kiçi

BELBËZIMI

MBAJTJA E GOJËS

PSE NDODH
SI TA KORRIGJOSH

Çfarë duhet të dish dhe
një metodë praktike që ka
ndihmuar mijëra belbëzues
të arrijnë rrjedhshmërinë
në të folur

RL BOOKS

Dritan Kiçi

LINDJA
E PERËNDISË
SIME

poezi

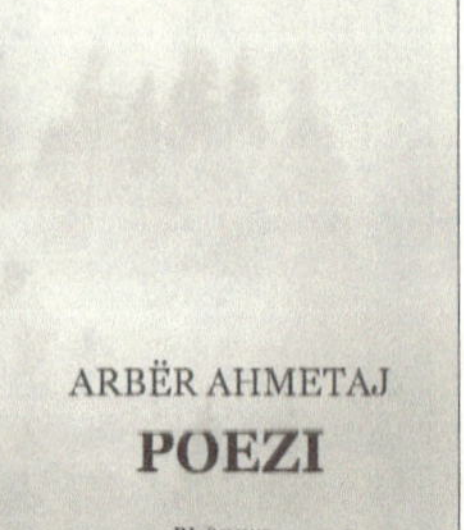

Elektra Haxhia Çapaliku

Receta gatimi dhe shënime të tjera nga Shkodra

RLBOOKS

REVISTA LETRARE

Shtëpia e letërsisë shqipe

Dimër, 2022

Redaksia:
Ornela Musabelliu, *botuese*
Arbër Ahmetaj, *kryeredaktor*
Eleana Zhako, *redaktore e përkthimeve*
Dritan Kiçi, *redaktor artistik*
https://www.revistaletrare.com
info@revistaletrare.com

Revista Letrare - Dimër, 2022
ISSN 2736-531X-20211
ISBN 978-2-39069-011-5

RL BOOKS® *dhe ACC VZW - BE722862311*
https://www.rlbooks.eu | admin@rlbooks.eu

Në kopertinë:
Luljeta Lleshanaku
Fotografia nga Thomas Krembke

DIMËR 2022

PROZË

INTERVISTA

POEZI

HARUKI MURAKAMI

Majmuni që vidhte emrat e grave

Majmunin e moshuar e takova rreth pesë vjet më parë në një bujtinë të vogël të stilit japonez në një qytet me llixha, në prefekturën Gunma. Ishte një han fshatar thuajse i falimentuar, ku më ndodhi të kaloja një natë.

Shkoja kudo që më çonte shpirti. Kishte kaluar ora shtatë e darkës kur zbrita nga treni në qytetin e llixhave. Fundvjeshte, dielli kish perënduar prej kohësh dhe vendi qe mbështjellë nga ajo errësirë e veçantë blu ultramarinë, tipike për zonat malore. Nga malet zbriste një erë e ftohtë, therëse, që merrte si në valle, nëpër rrugë, gjethet sa një pëllëmbë.

Eca nëpër qendrën e qytetit në kërkim të një vendi ku të kaloja natën, por asnjë nga bujtinat e mira nuk pranonte më mysafirë në atë orë të darkës. Ndalova në pesë a gjashtë vende, por të gjithë më refuzuan. Më në fund, në një zonë të shkretë jashtë qytetit, rastisa në një bujtinë ku më pranuan. Qe një vend me pamje të shkretë, i rrënuar, thuajse një han sa për të futur kokën. Dukej që ishte i vjetër, por nuk kishte asgjë tërheqëse nga sa mund të prisje nga një bujtinë e vjetër. Gjithçka dukej sikur qe riparuar sa për të shkuar radhën e nuk shkonte fare me ato që kish përreth. Dyshova se do mund t'i shpëtonte tërmetit të ardhshëm dhe e vetmja shpresë ish që nuk do kish tërmet tani që do rrija aty.

Bujtina nuk shërbente darkë, por mëngjesi qe përfshirë në çmim, që për një natë ishte tepër i lirë. Në hyrje qe një recepsion i thjeshtë, pas të cilit rrinte ulur një plak tullac, që s'kish as vetulla. Më kërkoi të parapaguaja për natën. Mungesa e vetullave ia bënte sytë e mëdhenj të dukeshin sikur shkëlqenin çuditshëm e vezullues. Në një jastëk në dysheme, në krah të tij, një mace e madhe kafe, po aq plakë, flinte paq.

Do kish probleme me hundët, sepse gërhiste aq fort, sa nuk kisha dëgjuar mace tjetër më parë. Herë pas here, gërhitja e frymëmarrja i pengoheshin. Gjithçka në atë bujtinë dukej e vjetër dhe thuajse e rrënuar.

Dhoma që më treguan ishte e ngushtë, si magazina ku mbahen shtrojat. Një llambë ndriçonte zbehtë dhe dyshemeja nën tapetet tatami[1] kërciste ogurzezë në çdo hap. Por ishte tepër vonë për t'u ankuar. I thashë vetes se duhet të isha i lumtur që kisha një çati mbi kokë dhe një futon[2] ku të flija.

Lashë në dysheme të vetmin bagazh që kisha, një çantë të madhe supi, dhe u nisa për në qytet. (Kjo nuk ishte saktësisht një lloj dhome ku doja të rrija gjatë.) Hyra në një dyqan makaronash aty pranë dhe hëngra një darkë të thjeshtë. Zgjidhje tjetër s'kisha; asnjë restorant tjetër s'qe hapur. Mora një birrë, ca ushqime në bar dhe pak soba[3] të nxehtë. Soba s'ishte gjë dhe supa e vakët, por nuk doja të ankohesha. Ish më mirë sesa të shkosh në shtrat me barkun bosh. Kur dola nga dyqani, mendova të blija ca ushqime çikërrima dhe një shishe të vogël uiski, por nuk gjeta asnjë dyqan tjetër hapur. Kish kaluar teta dhe të vetmet vende të hapura ishin qendrat e lojërave të qitjes, që gjen zakonisht në qytetet me llixha. Kështu që u ktheva në bujtinë, vesha një mantel jukata[4] dhe zbrita të bëja një banjë.

Krahasuar me ndërtesën dhe orenditë e shkatërruara, banja e nxehtë e llixhës në bujtinë ishte çuditërisht e mrekullueshme. Uji që avullonte kish një ngjyrë jeshile të errët; i paholluar, me aromë squfuri më të mprehtë se çdo banjë që kisha vizituar ndonjëherë. U lava e u ngroha deri në kockë. Nuk kishte të tjerë (besoj se bujtina nuk kishte asnjë klient tjetër), ndaj munda ta shijoja atë banjë të gjatë e të qetë. Dikur u ndjeva pak i turbulluar; dola të freskohesha dhe më pas u riktheva në vaskë. Ndoshta kjo bujtinë me pamje të rrënuar nuk ishte një zgjedhje aq e keqe, në fund të fundit. Sigurisht që ishte më

---

1 Tapet tipik japonez që mbulon dyshemetë.

2 Shtrojë gjumi japoneze.

3 Makarona tipike japoneze

4 Rrobdishan

rehat sesa të laheshe me ndonjë grup turistik të zhurmshëm, siç ndodh në bujtinat e mëdha.

Po zhytesha në banjë për të tretën herë kur majmuni rrëshqiti derën e xhamit me zhurmë dhe hyri. «Më falni», tha me zë të ulët. M'u desh pak kohë të kuptoja se ishte majmun. Uji i nxehtë e i dendur më kishte lënë disi të trullosur dhe nuk prisja të dëgjoja një majmun që fliste, ndaj nuk po bëja dot lidhjen midis asaj që shihja dhe faktit që ishte vërtet majmun. E mbylli derën nga pas, rregulloi sapllakët që gjendeshin rreth e rrotull dhe futi një termometër në banjë, të kontrollonte temperaturën. Pa me vëmendje gjilpërën e termometrit, me sytë e picëruar, si të ishte një bakteriolog, që po zbulonte një mikrob të ri.

"Si është banja?", më pyeti.

"Është mrekulli fare. Faleminderit!", i thashë dhe zëri im kumboi në avullin e dendur e të butë. Dukej si diçka mitologjike, jo si zëri im, por si një jehonë nga e shkuara, që dilte nga thellësia e pyllit. Dhe ajo jehonë ishte... prit një sekondë! Ç'bënte ky majmun këtu? Dhe pse e si po fliste në gjuhën time?

"A t'ju pastroj shpinën?", pyeti majmuni me zë të ulët. Kishte zërin e qartë dhe tërheqës të një baritoni në një grup doo-wop[5]. Aspak ajo që mund të prisje. Por ama nuk kishte asgjë të çuditshme në atë zë; nëse mbyllje sytë dhe dëgjoje, do mendoje se ishte e një personi të zakonshëm.

"Po, faleminderit!", u përgjigja. Nuk kisha shkuar aty me shpresën se dikush do vinte të më fërkonte kurrizin, por ama kisha frikë se, po ta refuzoja, do mendonte se s'isha dakord që shërbimi të më bëhej nga një majmun. Oferta e tij ishte shumë mirëdashëse dhe sigurisht që nuk doja ta lëndoja me refuzim. Kështu që u ngrita ngadalë nga vaska dhe u ula në një platformë të vogël druri, me shpinën nga majmuni.

Edhe ai ish lakuriq, gjë që, natyrisht, është e zakonshme për një majmun, kështu që nuk m'u duk e çuditshme. Dukej mjaft i moshuar e me plot thinja. Solli një peshqir të vogël, e

---

5 Muzikë tipike vokale japoneze

sapunoi dhe me dorën e praktikuar ma pastroi paq shpinën.

"Është ftohur shumë këto ditë, apo jo?", vërejti majmuni.

"Po, vërtet".

"Pas pak ky vend do të mbulohet nga bora që duhet hequr nga çatitë e, besomëni, nuk është aq e lehtë".

Pasoi një heshtje e shkurtër e unë pyeta:

"Ju vërtet flisni gjuhën njerëzore, ë?".

"Siç e shihni...", u përgjigj majmuni shpejt. Kush e di se sa herë i qe bërë ajo pyetje!? "Më rritën njerëzit që në moshë të vogël dhe para se ta kuptoja se si, isha në gjendje të flisja. Kam jetuar një kohë të gjatë në Tokio, në Shinagaua".

"Në ç'pjesë të Shinagauas?".

"Përreth Gotenyamas".

"Vërtet zonë e bukur!".

"Po, siç e dini, është një vend shumë i këndshëm për të jetuar. Aty pranë është Kopshti Gotenyama, ndaj dhe më shijonte shumë natyra atje".

Biseda u ndal dhe majmuni vazhdoi të më fërkonte fort shpinën, që e ndieja shumë më mirë. Gjatë gjithë kohës u përpoqa të zgjidhja e kuptoja logjikën e asaj që po ndodhte. Një majmun i rritur në Shinagaua? Kopshti Gotenyama? Një e folur kaq e rrjedhshme? Si ishte e mundur kjo? Ky ishte majmun, ta hajë dreqi; një majmun e asgjë më shumë.

"Unë jetoj në Minato-ku", deklarova kot e pa kuptim.

"Paskemi qenë thuajse fqinjë", tha majmuni në një zë miqësor.

"Çfarë lloj personi ju rriti në Shinagaua?", pyeta.

"Zotëria im ishte profesor kolegji, i specializuar në fizikë dhe me një pozicion në Universitetin e Tokios Gakugei".

"Vërtet intelektual, ë".

"Ashtu ishte vërtet. E donte muzikën më shumë se çdo gjë tjetër dhe veçanërisht veprat e *Bruckner* dhe *Richard Strauss*. Falë kësaj, edhe unë zhvillova një dashuri të madhe për këtë muzikë. E dëgjoja gjithë kohës dhe pa e kuptuar mësova gjithçka për të".

"Ju pëlqen *Bruckner*?".

"Po. Sidomos simfonia e shtatë. Gjithmonë e ndjej që të

ngre shpirtërisht në pjesën e tretë".

"Unë dëgjoj shpesh Simfoninë e Nëntë", thirra; një tjetër deklaratë e pakuptimtë.

"Po, po, kjo është vërtet muzikë e mrekullueshme", tha majmuni.

"Pra, profesori ju mësoi të flisni?".

"Po. Nuk kishte fëmijë dhe, mbase për ta kompensuar këtë, më stërviste rreptësisht sa herë që kish kohë. Ishte shumë i durueshëm, një person që vlerësonte mbi të gjitha rendin dhe rregullin. Ishte njeri serioz dhe gjithnjë thoshte se përsëritja e fakteve të sakta ishte rruga e vërtetë drejt mençurisë. E shoqja qe një grua e qetë, e ëmbël, gjithmonë e sjellshme me mua. Shkonin aq mirë si çift, saqë hezitoj t'ia them këtë një të huaji, por, më besoni, netët e tyre ishin tepër intensive".

"Vërtet?", pyeta.

Më në fund mbaroi së më pastruari shpinën.

"Faleminderit për durimin!", tha dhe uli kokën.

"Faleminderit!", ia ktheva. "Ndihem vërtet mirë tani. Pra, ju punoni këtu, në këtë bujtinë?".

"Po. Të zotët janë treguar shumë të mirë që më kanë lënë të punoj këtu. Bujtinat e mëdha e të pasura nuk do të punësonin kurrë një majmun. Këtu ka gjithnjë mungesa punonjësish, ndaj, nëse e tregon veten të dobishëm, nuk i intereson kujt nëse je majmun apo çfarëdo tjetër. Për mua si majmun, paga është minimale dhe më japin veç ato punë ku jam zakonisht larg syve. Rregullimi i zonës së banjës, pastrimi e gjëra të tilla. Shumica e të ftuarve do tronditeshin nëse do shihnin një majmun t'u shërbente çaj apo diçka tjetër. Edhe puna në kuzhinë nuk është për mua, sepse do hasja në probleme me rregullat e higjienës ushqimore".

"Punoni prej shumë kohësh këtu?", pyeta.

"Prej rreth tre vjetësh".

"Besoj se keni kaluar plot para se të vendoseni këtu".

Majmuni bëri shenjë me kokë: "Vërtet shumë".

Hezitova pak, por më pas ia dola dhe pyeta:

"Nëse nuk e keni problem, mund të më thoni diçka më shumë për prejardhjen tuaj?".

Majmuni u mendua pak dhe tha: "Pse jo? Mund të mos jetë aq interesante saç e prisni. Megjithatë, punën e lë në dhjetë dhe mund të ndalem në dhomën tuaj pas kësaj ore. A do të ishte e përshtatshme për ju?".

"Sigurisht", u përgjigja. "Do t'ju isha mirënjohës nëse mund të sillnit edhe birrë atëherë".

"Shumë mirë. Edhe ca birra të ftohta. Ju pëlqen Sapporo[6]?".

"Patjetër. Pra, ju pini birrë?".

"Pak, po".

"Atëherë sillni dy shishe të mëdha, ju lutem!".

"Sigurisht! Nëse nuk gabohem, ju jeni në suitën Araiso, në katin e dytë?".

"Po!", konfirmova.

"Megjithatë, nuk mendoni se është pak e çuditshme?", pyeti majmuni. "Një han në mal, me një dhomë të quajtur Araiso, 'breg me shkëmbinj'?", qeshi.

Nuk kisha parë e dëgjuar kurrë një majmun të qeshte. Megjithatë, mendoj se edhe majmunët qeshin e qajnë ndonjëherë. Nuk duhej të më çudiste, bile, as që po fliste.

"Meqë ra fjala, a keni emër?", pyeta.

"Jo, s'kam tamam emër, por të gjithë më thërrasin majmuni Shinagaua".

Më pas rrëshqiti e hapi derën e xhamit, u kthye, bëri një përkulje të sjellshme dhe e mbylli ngadalë.

Sapo kish kaluar dhjeta kur majmuni erdhi në suitën Araiso me dy shishe të mëdha birre në një tabaka. Përveç birrës kish sjellë një hapëse, dy gota dhe disa ushqime: kallamar të tharë me erëza, një qese kakipi - biskota orizi me kikirikë. Ushqime tipike bari. Vërtet majmun i vëmendshëm!

Tani qe veshur me pantallona sportive gri dhe një këmishë të trashë me mëngë të gjata me printimin "I♥NY", me gjasë dhuratë nga ndonjë fëmijë.

Dhoma nuk kish tavolinë, kështu që u ulëm krah për krah, në ca jastëkë të hollë zabuton[7] dhe u mbështetëm pas murit. Majmuni përdori hapësen, hapi një nga birrat dhe mbushi dy

---

6 Birra më e vjetër japoneze, e themeluar në vitin 1876.

7 Shilte katrore.

gotat. Në heshtje kërcitëm gotat në një dolli të vogël.

"Faleminderit për pijen!", tha dhe gëlltiti i lumtur birrën e ftohtë.

Piva edhe unë pak. Sinqerisht, ishte e çuditshme që isha ulur pranë një majmuni e po ndanim një birrë, por mendoj se njeriu mësohet me gjithçka.

"Një birrë pas punës nuk ka çmim", tha majmuni e fshiu gojën me kurrizin leshtor të dorës. «Por, për një majmun, mundësitë si kjo, të pijë një birrë, janë të pakta dhe të rralla".

"Jetoni këtu në bujtinë?".

"Po, kam një dhomë, një lloj papafingoje, ku më lënë të fle. Ka minj herë pas here, kështu që shpesh është e vështirë të pushosh, por unë majmun jam, ndaj duhet të jem mirënjohës që kam një shtrat ku të fle dhe tre vakte bukë në ditë. Nuk është parajsë apo kushedi, por...".

Majmuni e mbaroi gotën e parë, ndaj ia mbusha prapë.

"Faleminderit shumë!", tha ai me mirësjellje.

"Keni jetuar vetëm me njerëz, por edhe me llojin tuaj? Dua të them me majmunë të tjerë", e pyeta, por kisha edhe sa e sa pyetje në kokë.

"Po, ca kohë", u përgjigj majmuni dhe fytyra iu turbullua pak. Rrudhat anash syve i formuan pala të thella. "Për arsye të ndryshme, më dëbuan me forcë nga Shinagaua dhe më liruan në Takasakiyama, zona në jug, e famshme për parkun e majmunëve. Në fillim mendova se mund të jetoja në paqe atje, por gjërat nuk shkuan mirë. Majmunët e tjerë ishin shokët e mi të dashur, mos më keqkuptoni, por, i rritur në një familje njerëzore, nga profesori dhe e shoqja, nuk mundja t'ua shprehja mirë atyre ndjenjat që kisha. Kishim pak gjëra të përbashkëta dhe komunikimi nuk qe i lehtë. 'Ti flet çuditshëm', më thoshin dhe talleshin e më ngacmonin. Majmunet femra qeshnin kur më shikonin. Majmunët janë jashtëzakonisht të ndjeshëm qoftë edhe ndaj dallimeve më të vogla. U dukej komike mënyra se si sillesha dhe kjo i mërziste e i acaronte shpesh. Pak nga pak, ndenjja aty m'u bë e vështirë, kështu që përfundimisht u largova vetë. Kështu, me pak fjalë, u bëra majmun i vetmuar".

"Duhet të ketë qenë vërtet vetmi për ty».

"Ashtu ishte. Askush nuk më mbronte më dhe më duhej të rrëmoja për ushqim vetë e të mbijetoja. Por gjëja më e keqe ishte të mos kishe askënd me kë të flisje. Nuk flisja dot as me majmunët, as me njerëzit. Një izolim i tillë është i dhimbshëm. Takasakiyama është plot me vizitorë njerëzorë, por ama nuk mund të hapja një bisedë me këdo që hasja. Bëje po deshe dhe do ta paguash paq haraçin! Rezultati ishte se përfundova as këtu, as atje, as pjesë e shoqërisë njerëzore, as e botës së majmunëve; një ekzistencë e tmerrshme".

"Nuk mund ta dëgjonit as Bruknerin?!".

"E vërtetë. Kjo nuk është pjesë e jetës sime tani", tha dhe piu pak birrë.

Ia këqyra mirë fytyrën, por duke qenë se ishte vetë e kuqe, nuk vura re nëse po bëhej edhe më e kuqe. Mendova se ky majmun dinte ta mbante alkoolin. Apo ndoshta majmunët nuk mund t'i dallosh nga fytyra nëse janë dehur.

"Gjëja tjetër që më mundonte vërtet ishin marrëdhëniet me femrat".

"E shoh", thashë. "Dhe me 'marrëdhënie' me femra doni të thoni...?".

"Me pak fjalë, nuk ndjeva asnjë grimcë dëshirë seksuale për majmunet femra. Pata plot mundësi të isha me to, por kurrë nuk e ndjeva dëshirën".

"Pra, majmunet nuk ju ndezën, edhe pse ju vetë jeni majmun?".

"Po. Saktësisht e drejtë. Është pak e turpshme, por, sinqerisht, arrij të dëshiroj vetëm femrat njerëzore".

Heshta dhe ktheva me fund gotën e birrës. Hapa qesen me patatina krokante dhe mbusha një grusht. "Kjo mund të sjellë ca probleme të mëdha", i thashë.

"Po, probleme të vërteta. Në fund të fundit jam majmun e nuk mund të pres që femrat njerëzore t'i përgjigjen dëshirave të mia. Plus, kjo bie ndesh edhe me gjenetikën".

Prita që të vazhdonte rrëfimin. Majmuni u kruajt fort pas veshit dhe më në fund vazhdoi.

"Kështu që më duhej të gjeja një metodë tjetër për të hequr

qafe dëshirat e mia të paplotësuara”.

“Çfarë nënkuptoni me ‘një metodë tjetër’?”.

Majmuni u vreros dhe fytyra e kuqe iu errësua më shumë: “Mund të mos më besoni”, tha. “Dhe me siguri nuk do më besoni, por, në një moment të caktuar, fillova të vjedh emrat e grave me të cilat rashë brenda”.

“U vidhje emrat?”.

“Tamam! Nuk e di se pse, por duket se kam lindur me një talent të veçantë për këtë. Nëse më pëlqen, mund ta vjedh emrin e dikujt dhe ta bëj timin”.

Më mbuloi një valë hutimi.

“Nuk jam i sigurt nëse ju kuptoj. Kur thoni se ia vidhni emrat njerëzve, do të thotë se ata e humbasin plotësisht emrin e vet?”, pyeta.

“Jo. Ata nuk e humbasin plotësisht emrin. Unë i vjedh veç një pjesë, një fragment. Por kur ia marr atë pjesë, emri bëhet më pak i rëndësishëm se më parë. Njësoj siç hija jote në tokë zbehet shumë kur dielli mbulohet me re. Në varësi të personit, dikush mund të mos e vërë re fare humbjen. Thjesht kanë një ndjenjë se diçka nuk shkon”.

“Por disa e kuptojnë që i është vjedhur një pjesë e emrit, apo jo?”.

“Sigurisht. Ndonjëherë zbulojnë se nuk e mbajnë mend emrin e vet. Mjaft ndikuese, një shqetësim i vërtetë, siç mund ta imagjinoni. Nganjëherë nuk arrijnë as ta njohin emrin e vet. Ka raste kur vuajnë nga diçka që mund të quhet krizë identiteti. Dhe gjithë faji është i imi; unë i vodha emrin. Shpesh ndihem keq për këtë dhe më rëndon ndërgjegjja ngaqë më bie mbi supe. E di që është gabim, por s’e ndaloj dot veten. Nuk po përpiqem të justifikohem, por nivelet e dopaminës më detyrojnë të bëj atë që bëj. Sikur kam një zë të brendshëm, që më thotë: ‹Hej, vazhdo, vidh emra. Nuk është e paligjshme apo kushedi çfarë’”

Kryqëzova krahët dhe e këqyra me vëmendje. Dopaminë? Më në fund fola: “Emrat që vidhni janë vetëm ato të grave që doni apo dëshironi seksualisht, apo gabohem?”.

“Pikërisht. Nuk vij vërdallë të vjedh emrin e kujtdo që më

del para”.

“Sa emra keni vjedhur?”.

Me një shprehje serioze, majmuni llogariti me gishta dhe, ndërsa numëronte, mërmëriti diçka. Ngriti sytë dhe tha: “Shtatë në total. Kam vjedhur shtatë emra femrash”.

Shtatë ishin shumë apo pak; kush mund ta thoshte?

“Mirë, por si e bëni?”, pyeta. “Nëse nuk e keni problem të ma thoni”.

“Kryesisht me vullnet. Me fuqinë e përqendrimit dhe energjinë psikike. Por kjo nuk mjafton. Më duhet edhe diçka me emrin e personit të shkruar në të. Një dokument identiteti është ideal. Patentë, dokument studenti, kartë sigurimi apo pasaportë; gjëra të këtij lloji. Një etiketë me emër funksionon, gjithashtu. Gjithsesi, duhet të kem një objekt aktual, si një prej këtyre. Zakonisht, vjedhja është mënyra e vetme. Jam shumë i zoti të futem fshehurazi në dhomat e njerëzve kur janë jashtë. Kërkoj diçka me emrin e tyre dhe e marr”.

“Pra, ju e përdorni atë objekt me emrin e gruas dhe me vullnetin tuaj, që t’i vidhni emrin?”.

“Pikërisht. Ia ngul sytë emrit që është shkruar aty, për një kohë të gjatë; fokusoj emocionet e mia dhe thërras emrin e personit që dua. Kjo kërkon shumë kohë dhe është rraskapitëse, mendërisht e fizikisht. Zhytem plotësisht në këtë dhe pak nga pak një pjesë e gruas bëhet pjesë e imja. Dashuria dhe dëshira ime, që deri atëherë nuk kishte rrugëdalje, papritur plotësohen”.

“Pra, nuk ka asgjë fizike në të?”.

Majmuni tundi kokën ashpër. “E di që jam thjesht një majmun i përulur, por ama nuk bëj kurrë asgjë të pahijshme. E bëj emrin e gruas që dua pjesë të vetes dhe kjo është mjaft për mua. Jam dakord që duket paksa e djallëzuar, por është një akt platonik dhe krejtësisht i pastër. Thjesht ruaj brenda meje një dashuri të madhe për atë emër, fshehurazi, si një puhizë e lehtë mbi livadh”.

“Hmm”, thashë, i prekur. “Mendoj se kjo mund të quhet forma më e lartë e dashurisë romantike”.

“Dakord. Por ama është edhe forma më e pastër e vetmisë.

Si dy anët e një monedhe, dy ekstremet janë bashkë e nuk mund të ndahen kurrë".

Biseda u ndal këtu; të dy pimë në heshtje birrën e hëngrëm kakipin[8] dhe kallamarin e tharë.

"Keni vjedhur emrin e kujt kohët e fundit?", pyeta.

Majmuni tundi kokën dhe kapi një tufë qimesh në krahun e tij, sikur donte të sigurohej që ishte vërtet majmun. "Jo, nuk i kam vjedhur emrin askujt kohët e fundit. Kur erdha në këtë qytet vendosa ta lë pas vetes këtë lloj sjelljeje të keqe. Falë kësaj, shpirti im ka gjetur pak paqe. Emrat e shtatë grave i ruaj në zemër dhe jetoj një jetë të heshtur e të qetë".

"Gëzohem për ty!", thashë.

"E di që kjo mund t'ju duket e tepërt, por po mendoja nëse do më lejonit t'ju them mendimin tim rreth temës së dashurisë".

"Sigurisht", thashë.

Majmuni puliti sytë disa herë. Qerpikët e trashë u valëvitën lart e poshtë si gjethe palme në erë. Mori frymë thellë, ngadalë, si frymëmarrja e një atleti në kërcim së gjati para se të nisë vrapimin drejt hedhjes.

"Besoj se dashuria është karburanti i domosdoshëm që të vazhdojmë të jetojmë. Një ditë, dashuria mund të marrë fund ose mund të mos plotësohet kurrë. Por edhe nëse shuhet, edhe nëse nuk përmbushet, mund të mbani kujtimin e ndjenjës që keni pasur kur keni rënë në dashuri me dikë. Ky është një burim i vyer ngrohtësie. Pa këtë burim, zemra e një personi, si dhe zemra e një majmuni, do të ktheheshin në një shkretëtirë të ftohtë; një vend ku nuk bie rreze dielli, ku lulet e egra të paqes dhe pemët e shpresës nuk kanë ku të rriten. Këtu, në zemër i ruaj emrat e atyre shtatë grave të bukura që kam dashur", tha dhe vuri dorën në gjoksin me qime. «Do i përdor këto kujtime si burimin tim të vogël të karburantit, ta djeg në netët e ftohta, që të më ngrohë sa të jem gjallë".

Qeshi përsëri dhe tundi lehtë kokën disa herë.

"Gjë e çuditshme, apo jo?", tha. "Jeta ime personale, edhe pse jam majmun e jo person. He, he!".

Rreth njëmbëdhjetë e gjysmës, më në fund i mbaruam dy

---

8 Kikirikë dhe krokantina orizi.

shishet e mëdha të birrës.

"Më duhet të shkoj", tha majmuni. "U ndjeva kaq mirë me ju, sa që i dhashë gojës kot. Të më falni!".

"Jo, aspak! Ishte një rrëfim tepër interesant", thashë. Megjithatë, "interesante" nuk m'u duk se ishte fjala e duhur. Dua të them, ndarja e një birre dhe biseda me një majmun që flet ishte vërtet një përvojë mjaft e pazakontë. Shtoji kësaj faktin se ky majmun i veçantë pëlqente muzikën e Bruknerit dhe vidhte emrat e grave, ishte i shtyrë nga dëshira seksuale apo ndoshta dashuria. "Interesante" nuk ishte e mjaftueshme si përshkrim. Ishte gjëja më e pabesueshme që kisha dëgjuar ndonjëherë. Por nuk doja t'i ngjallja majmunit emocionet më shumë se ç›duhej, ndaj zgjodha këtë fjalë më qetësuese, neutrale.

Ndërsa thamë 'lamtumirë', unë i dhashë një kartëmonedhë njëmijëjenëshe si bakshish. "Nuk është shumë", thashë, "por, ju lutem blini dhe hani diçka të mirë".

Në fillim nuk pranoi, por, pasi insistova, më në fund e mori. E palosi dhe e futi me kujdes në xhepin e tutave.

"Jeni shumë i sjellshëm", më tha. "E dëgjuat me vëmendje historinë time absurde, më qerasët me birrë dhe tani këtë gjest bujar. Nuk mund t'jua shpreh dot se sa shumë e vlerësoj".

Vendosi shishet dhe gotat bosh në tabaka, i mori dhe doli.

Të nesërmen në mëngjes e lashë bujtinën për t'u kthyer në Tokio. Kur dola, në tavolinën e recepsionit nuk ishte më plaku i çuditshëm pa qime e vetulla. As macja plakë me probleme me hundët. Në vend të tyre qe një grua e shëndoshë, me moshë mesatare, që, kur i thashë se do të doja të paguaja faturat shtesë për shishet e birrës së mbrëmshme, më tha prerazi se nuk kisha asnjë faturë tjetër: "Këtu kemi vetëm birrë në kanaçe nga makina shitëse", insistoi. "Nuk shesim birrë me shishe".

U hutova përsëri. Ndjeva sikur pjesë të realitetit dhe imagjinatës po ndërronin vend rrëmujshëm. Por ama kisha ndarë dy shishe të mëdha birrë Sapporo me majmunin, që më kish rrëfyer historinë e jetës së vet.

Në fillim mendova t'i thosha gruas për majmunin, por

vendosa më mirë jo. Ndoshta majmuni nuk ekzistonte vërtet dhe ish i gjithi një iluzion, produkt i një truri të shastisur nga banja e gjatë në ujin e nxehtë të llixhave. Ose ndoshta kisha parë një ëndërr të çuditshme, realiste. Nëse do ta pyesja në kishin si punonjës një majmun të moshuar që flet, gjërat mund të shkonin keq dhe me siguri do mendonte se isha i çmendur. Me shans qe që majmuni ishte punonjës në të zezë dhe bujtina nuk mund ta tregonte hapur nga frika se mos dikush lajmëronte zyrën e taksave apo departamentin e shëndetësisë.

Në udhëtimin me tren për në shtëpi, iu riktheva gjithçkaje që më pat thënë majmuni. I shënova gjithë sa mbaja mend në një bllok, që e përdorja për punë, dhe mendova se kur të kthehesha në Tokio do ta shkruaja historinë nga fillimi në fund.

Nëse majmuni ekzistonte vërtet dhe isha i bindur për këtë, nuk isha aspak i sigurt se sa duhet t'i kisha besë atyre që më kishte thënë gjatë birrës. Ishte e vështirë ta gjykoje me drejtësi historinë e tij. Ishte vërtet e mundur të vidhje emrat e grave e t'i bëje të tuat? A ishte kjo një aftësi unike, që e kishte vetëm majmuni Shinagaua? Ndoshta ishte veç një majmun gënjeshtar patologjik. Ndoshta! Natyrisht, nuk kisha dëgjuar kurrë më parë për ndonjë majmun mitoman, por, nëse një majmun mund të fliste një gjuhë njerëzore me aq mjeshtëri sa ai, nuk do të ishte edhe aq e pamundur që të ishte edhe një gënjeshtar i rëndomtë.

Kisha intervistuar sa e sa njerëz në punën time dhe kisha një nuhatje të mirë për sa i përket se kujt mund t'i besohet dhe kujt jo. Kur dëgjon dikë të flasë për ca, mund të kapësh gjëra të vogla e tipike që të bëjnë të kuptosh nëse personi është i besueshëm apo jo. Kur fliste, majmuni Shinagaua nuk dukej se po tregonte një histori të sajuar. Shikimi në sytë e tij dhe shprehja e fytyrës, mënyra se si mendohej herë pas here, heshtjet, gjestet, mënyra se si i ngecnin fjalët; asgjë rreth tij nuk dukej artificiale apo e detyruar. Dhe mbi të gjitha ishte ndershmëria e plotë, e dhimbshme e rrëfimit të tij.

Pas udhëtimit të qetë e të heshtur, u ktheva në rutinën e

vorbullës së qytetit. Edhe kur nuk kam ndonjë detyrë të madhe në punën, me kalimin e moshës e gjej veten më të zënë se kurrë me punë. Edhe koha duket sikur po përshpejtohet. Në fund, nuk i tregova kujt për majmunin Shinagaua e as nuk shkrova për të. S'kisha pse kur e dija që askush nuk do më besonte. Nëse nuk siguroja dot prova që majmuni ekzistonte në të vërtetë, njerëzit thjesht do thoshin se po "shpikja prapë broçkulla". Dhe po ta shkruaja ngjarjen si trillim, historisë do i mungonte fokusi apo një këndvështrim i qartë. E imagjinoj mirë redaktorin tim, që do të më shihte i hutuar e do thoshte: "Hezitoj të pyes, se ti je autori, por cila është tema e këtij tregimi?».

Tema? Nuk mund të them se ka temë. Tregon veç për një majmun plak që flet si njerëzit, që u pastron shpinat mysafirëve në llixha, në një qytet të vogël në prefekturën Gunma; që shijon birrën e ftohtë e bie në dashuri me femra njerëzore dhe më pas u vjedh emrat. E ku është tema në këtë histori? Po morali?

Me kalimin e kohës edhe kujtimi i atij qyteti me llixha nisi të zbehej. Pavarësisht se sa të gjalla janë, kujtimet zbehen e nuk i rezistojnë kohës.

Tani, pesë vjet më vonë, vendosa ta shkruaj këtë histori bazuar në shënimet që mbajta atë kohë. E gjitha kjo sepse diçka që ndodhi kohët e fundit më bëri të mendoj. Pa këtë incident nuk do ta kisha shkruar kurrë.

Pata një takim pune në kafenenë e një hoteli në Akasaka. Do takoja redaktoren e një reviste udhëtimi. Një grua shumë tërheqëse, tridhjetë e ca vjeç, e imët, me flokë të gjatë, çehre të bukur dhe sy të mëdhenj tërheqës. Një redaktore e zonja dhe ende beqare. Kishim punuar bashkë plot herë dhe shkonim mirë. Pasi thamë ç'kishim për punën, u rehatuam dhe biseduam gjatë me një kafe para.

Dikur i ra celulari dhe më pa si për të kërkuar falje. I bëra shenjë që ta hapte. E kontrolloi si fillim numrin e u përgjigj. Dukej se ishte për një rezervim që kish bërë, ndoshta në ndonjë restorant, hotel a fluturim. Diçka në këtë linjë. Foli pak, duke kontrolluar axhendën e xhepit e dikur më hodhi një vështrim të shqetësuar.

“Më vjen shumë keq”, tha me një zë të mekët, pasi mbuloi telefonin me dorë. “E di që kjo pyetje do ju duket e çuditshme, por a e di se si quhem unë?”.

U meka, por, me sa natyrshmëri munda, ia thashë emrin e plotë. Ajo tundi kokën dhe ia transmetoi informacionin personit në anën tjetër të linjës. Pastaj e mbylli dhe më kërkoi falje.

“Më vjen shumë keq për këtë. Papritur nuk po kujtoja dot emrin tim. Sa turp!”.

“Ju ndodh shpesh?”, pyeta.

Dukej që hezitonte, por më në fund e pohoi me kokë. “Po. Këto ditë po më ndodh shpesh. Thjesht e harroj se si e kam emrin. Është sikur të më jetë fshirë nga mendja”.

“A harroni edhe gjëra të tjera? Si për shembull ditëlindjen, numrin e telefonit, apo pinin?”.

E tundi kokën në mohim me vendosmëri. “Jo, aspak. Gjithmonë kam pasur kujtesë të mirë. Edhe ditëlindjet e miqve i mbaj përmendësh. Nuk i kam harruar emrin askujt, qoftë dhe një herë të vetme. Megjithatë, ja që papritur harroj emrin tim. Nuk e kuptoj dot për qamet. Pas pak minutash kujtesa më kthehet, por ato dy minuta janë krejt kur nuk duhet e më kap paniku. Sikur nuk jam më vetvetja. Mendoni se është shenjë e fillimit të allcajmerit?”.

Psherëtiva. “Në aspektin mjekësor nuk e di. Por që kur nisët të harronit emrin?”.

Uli sytë e u mendua pak. “Rreth gjysmë viti më parë, ndoshta. Mbaj mend që ndodhi pasi shkova të shijoja lulet e qershive. Kjo qe hera e parë”.

“Kjo pyetje mund t’ju duket e çuditshme, por a humbët ndonjë gjë atje? Ndonjë kartë identiteti, patentën, pasaportën, apo ndonjë kartë sigurimi?”.

Gruaja mblodhi buzët, humbi në mendime për një çast e u përgjigj: “Tani që ma përmendët, më kujtohet se humba patentën në atë kohë. Ishte ora e drekës. Isha ulur të pushoja në një stol parku. Çantën e kisha lënë mbi stol pranë vetes. Po rregulloja buzëkuqin dhe kur hodha sytë prapë, çanta qe zhdukur. Nuk arrija ta kuptoja si ndodhi. Ia hoqa sytë veç për një sekondë, nuk ndjeva kënd afër e nuk dëgjova as hapa. Pashë përreth dhe isha vetëm. Ishte një park i qetë dhe jam e sigurt se nëse dikush do ish afruar të më vidhte çantën, do ta kisha parë".

E prita të vazhdonte rrëfimin.

"Nuk ishte veç kjo e çuditshme. Po atë pasdite mora një telefonatë nga policia dhe më thanë se e kishin gjetur çantën. E kishin lënë jashtë një stacioni të vogël policie, pranë parkut. Paratë, kartat e kreditit dhe celulari ishin të gjitha aty. Gjithçka e paprekur. E vetmja që mungonte ishte patenta. Polici që ma dha dukej tepër i habitur. Kush nuk i merr paratë, por vetëm patentën dhe e lë çantën jashtë komisariatit?".

Psherëtiva në heshtje, por nuk e dhashë veten.

"Kjo, në fund të marsit. Shkova menjëherë në zyrën e automjeteve në Samezu dhe bëra një patentë të re. I gjithë incidenti ishte mjaft i çuditshëm, por për fat të mirë nuk pata ndonjë dëm të madh".

"Samezu është në Shinagaua, apo jo?", pyeta.

"Po, në Higashioi. Kompania ime është në Takanaua, kështu që është veç një udhëtim i shpejtë me taksi nga aty", tha dhe më hodhi një vështrim të dyshimtë. "Mendoni se ka një lidhje mes harrimit të emrit tim dhe humbjes së patentës?".

Tunda kokën në mohim, sepse nuk mund ta sillja ashtu si rastësisht historinë e majmunit Shinagaua.

"Jo, s'mendoj se ka", thashë. "Thjesht më erdhi në kokë, sepse dokumenti ka emrin tuaj".

Fjalët e mia nuk e bindën. E dija që qe e rrezikshme, por më duhej t'i bëja edhe një pyetje tjetër, më të rëndësishme: "Meqë ra fjala, a keni parë ndonjë majmun kohët e fundit?".

"Majmun?", pyeti. "E keni fjalën për kafshët?".

"Po, majmun të vërtetë, të gjallë», saktësova.

Tundi kokën. "Nuk mendoj se kam parë ndonjë majmun prej shumë vitesh. As në ndonjë kopsht zoologjik apo gjetkë".

Kish nisur prapë majmuni Shinagaua avazin e vjetër? Apo ndonjë majmun tjetër po përdorte të njëjtën metodë krimi? (Një majmun kopjac?) Apo gjithçka ishte ndryshe dhe jo punë majmunësh?

Vërtet nuk doja të mendoja se majmuni Shinagaua i qe kthyer vjedhjes së emrave. Më pat thënë, në fakt, se kishte shtatë emra grash të ngulitura brenda mendjes dhe ishte i lumtur që do t'i kalonte vitet e mbetura të jetës në heshtje, në atë qytet të vogël me llixha. Atëherë më ish dukur i bindur për këtë. Por ndoshta majmuni kishte ndonjë problem psikologjik kronik, që veç arsyeja nuk e mbante dot nën kontroll. Ndoshta kjo sëmundje dhe dopamina në tru e kishin nxitur ta bënte prapë! Me siguri e gjithë kjo e kishte kthyer në avazin e tij të vjetër në Shinagaua, në zakonet e mëparshme.

Ndoshta do ta provoj edhe vetë ndonjëherë. Në netët pa gjumë, më vjen po ai mendim i rastësishëm e fantastik. Po sikur të vjedh kartën e identitetit apo etiketën e emrit të gruas që dua; të fokusohem mbi të si rreze lazer; t'ia marr emrin brenda meje dhe do të zotëroj një pjesë të saj; ta bëj timen. Si do ndihesha vallë?

Jo! Kjo nuk do ndodhë kurrë. Nuk kam qenë kurrë aq i shkathët me duart sa të mund të vjedh diçka që i përket dikujt tjetër. Edhe nëse kjo diçka nuk ka formë fizike dhe vjedhja e saj nuk është e jashtëligjshme.

Dashuri e skajshme, vetmi e skajshme. Që atëherë, sa herë dëgjoj një simfoni të Bruknerit, mendoj për jetën e majmunit Shinagaua. E përfytyroj të moshuar në atë qytet të vogël me llixha, në papafingon e një bujtine të rrënuar, tek fle mbi një futon të hollë. Mendoj për ushqimet; kakipi dhe kallamarët e tharë, që i shijuam aq shumë kur pimë birrën, mbështetur në mur.

Që atëherë nuk e kam parë më redaktoren e bukur të revistës së udhëtimit, kështu që nuk e kam idenë se ç'fat pati emri i saj. Shpresoj veç mos të ketë pasur vështirësi të mëdha. Ajo, në fund të fundit, ishte e pafajshme. Nuk kish bërë asnjë gabim. Ndihem keq, por ende nuk marr dot guximin t'i tregoj për majmunin Shinagaua.

Shqipëroi Dritan Kiçi

SWAMI VIVEKANANDA (1863-1902)

Zotin e gjallë adhurojmë

Ai që është në ty dhe jashtë teje,
që vepron përmes kësaj morie duarsh
dhe ecën mbi këtë luzmë këmbësh,
Ai, trupi i të cilit jemi Ne-
Atë adhuroni, copëtojini të gjithë idhujt!

Ai që është njëherazi E Larta dhe E Ulëta,
Shenjtori dhe Mëkatari,
Perëndia dhe Krimbi i Dheut,
Atë adhuroni - Të Diturin, Të Vërtetin, Të Gjithëpranishmin,
copëtojini të gjithë idhujt!

Ai që s'ka as të Shkuar dhe as të Ardhme,
As lindje dhe as vdekje,
Tek i cili kemi qenë dhe do të jemi gjithmonë Një.
Atë adhuroni, copëtojini të gjithë idhujt!

Ju të marrë, që braktisni Zotin e Gjallë dhe pasqyrimet e Tij
të pafundme,
me të cilat kjo botë është e tejmbushur.
Teksa vraponi pas hijeve imagjinare,
që sjellin veçse zënka dhe grindje.
Të Vërtetin adhuroni!
Copëtojini të gjithë idhujt!

HAFIZ SHIRAZI (1320-1389)

Shëmbëlltyra ime e shndritshme

Një ditë dhe dielli e pranoi
që është veç një hije.
Oh, sa do të doja të tregoja
dritën e pafundme dhe inkandeshente,
që hedh shëmbëlltyra ime e shndritshme.

Sa do të doja të tregoja
teksa rri fillikat në errësirë
dritën e mahnitshme të Qenies sate!

MEISTER ECKHART (1260-1328)

Pa titull

E gënjeshtërt është,
posi jeta jonë –
çdo bisedë me Zotin,
që s'të ngushëllon.

SHËN FRANÇESKU I ASSISIT (1182-1226)

Ai kërkonte bamirësi

Zoti hyri sot në shtëpinë time për të kërkuar lëmoshë.
I përlotur iu gjunjëzova dhe e pyeta:
"Çfarë të jap, o Zot?!"
"Veç dashuri", m'u gjegj.
"Fal veç Dashuri!"

MEVLANA JELALUDDIN RUMI (1207-1273)

***

Të gjithë dy duar, dy këmbë, dy sy kanë.
S'ka ndarje mes të Dashurës dhe Mikut-jaran.
Çdo ndarje sjell dallime të pavërteta,
siç janë "Hebre", "Kristian" dhe "Musliman".

SOLOMON IBN GABIROL (1022-1070)

Kantika e agimit

Në mbrëmje e kërkoj Atë,
Shkëmbin Hyjnor dhe Strehën time.
Mëngjeseve, lutjet para duarsh i vë
dhe nis t'i ofroj veten time.
Gjunjëzohem para madhështisë së Tij
dhe kam frikë;
Mendimet dhe më të errëtin sekret
Syri i Tij e zbraz në dritë.
E çfarë mund të bëj gjuha apo zemra?!
Çfarë është shpirti dhe forca në mua?!
Por atij i pëlqen kënga e njerëzve
dhe t'i ngjitem pranë unë dua.
Do të himnizoj, o Zot
gjersa Fryma jote të banoj në mua!

KABIR (1440-1518)

Ku më kërkon?

Ku më kërkon?
Unë jam me ty.
Nuk më gjen nëpër pelegrinazhe apo ikona,
as në vetmi, tempull apo xhami,
as në Qabe dhe as në Kailash-
Unë jam me ty, O Njeri!
Unë jam me ty.
Nuk jam te lutjet apo meditimi,
as tek asketizmi apo agjërimi,
as te joga nuk më gjen dot.
Nuk më gjen tek trupi apo energjia jetike,
as nëpër hapësirën eterike,
as edhe në mitrën e Natyrës nuk më gjen dot.
Kërkomëni sinqerisht
dhe do të më gjeni!
Ju flet Kabir, veshët mprihini!
Unë jam aty ku besimin keni!

BAAL SHEM TOV (1698-1760)

***

Përkundet Universi
mbi këtë fije bari
për hirin tim.

Shqipëroi: Melsen Kafilaj

Lëngata

Të shkosh fillimit në rrugë,
të strukesh brenda palltos,
si poshtë jorganit në vegjëli,
jo prej të ftohtit, aq sa prej frikës,
prej dëshirës për të qenë i padukshëm,
mes njerëzve, të mos i flasësh askujt,
mbi qepalla të ndiesh peshën e reve,
atyre të errëtave që mbjellin stuhinë,
Saharanë të ndjesh në buzë
dhe në damarë gjakun e ngrirë.
Të mendosh se në thelb s'ndodh asgjë,
koha boshtin ngulur në dhimbje,
bota top pingpongu hedhur në terr,
gjallimi ngjitur shket si hije,
as nuk ikën, as nuk vjen.
Horizonti gri deri në palcë,
Zoti derdh gjithë lotët e tij,
kushedi sa mërzitet; i vetëm dhe i përjetshëm-
punë e tij.
Të ulesh në bar,
të porositësh zeher në filxhan të bardhë,
të ndezësh një cigare,
përjashta shiu e shton vajin,
njerëz me çadra (kryesisht të zeza),
me këmbë të lagura e me ëndrra të thara,
nxitojnë të alarmuar.
Po shembet qielli - thotë dikush ngjitur,
fjala 'shembje' të kujton perandoritë
dhe dashurinë.
Perandoritë e mëdha janë si dashuritë e mëdha,
shembën veç nga pesha e tyre
dhe, pas shembjes,
me shekuj kërkohen dhe vajtohen reliktet e tyre!

Shajni burgu

Më shkruan: “Të pres!”.
Për të më vrarë, mendoj.
Turravrap nisem,
nga nxitimi harroj t’u jap një krehër flokëve,
por të paktën derën e kyça.
Është natë.
Qielli mbi krye humnerë e kaltër,
hëna - lëmsh i argjendtë,
me të cilën është lodhur së luajturi
maçoku që ndrin sytë përbri rrugës.

Më shkruan: “Të pres ku takohemi përherë”.
Ku tjetër mund t’më varrosësh? - mendoj
dhe shpejtoj hapat.
Dreq. Paskam harruar të vesh këpucët.
Jam këmbëzbathur, por nuk u bë hataja,
trotuaret janë shtruar me gjethe
dhe ëndrra të thara.

Më shkruan: “Mos vono”.
Ekzekutimet duhen kryer shpejt, mendoj.
Dhe bëj të shoh orën.
Dora thatë, s’kam orë.
Merhum i përhumbur, shaj veten,
e ke harruar, apo humbur?!
Tek e fundit më mirë kështu.
Vij tek ty
këmbëzbathur, i pakrehur,
me zemrën në mall. Me natën në sy.

Te vendi ynë ti nuk je,
është veç vajtimi monoton i bulkthave
dhe një buf i verbër,
që e tremb prania ime.
Përplas flatrat e shkon në terr.

Mua më tremb mungesa jote;
mungesa jote gjithmonë më kthjell.
Zgjohem. Laj sytë.
Kreh flokët me shumë kujdes,
shihem gjatë në pasqyrë,
po çelësin ku e kam lënë;
si të dal nga burgu ku kam hyrë?

Pa dijeni

Nuk e di në je pasthirrmë gëzimi,
apo klithmë tmerri,
relikte e humbur,
apo thesar i pagjetur,
e shkuar që s'ka shkuar,
apo e ardhme që s'do vijë,
ëndërr që prish gjumin,
apo gjumë që i vret ëndrrat,
frikë e territ që më pret,
apo mall për dritën që lash pas,
engjëll që më shtyn në ferr,
apo parajsë që më kthen në djall...
Nuk e di në je këngë apo vaj;
thonë se vaji i burrit është kënga.
Unë nuk u bëra dot burrë,
as të të këndoj, as të të qaj.

Fill pas ndarjes

Një grua që ujit lulet dhe dëgjon muzikë,
që me parakrah, fshehtas fshin derdhjen e syve,
është tingulli që shurdhoi muzikantët,
ngjyra që piktorët i bëri të verbër,
vargu që poetët i bëri të pagojë,
është kryevepra që nuk u shkrua kurrë!

Gjallimi

Të vështrosh qiellin
dhe të bindesh se ti u ngjan reve;
je dhe s'je njëherësh.
Të kundrosh një grua që nderë çarçafë të larë
e mendon për "mëkatet" e pakryera.
Të shkelësh barin e tharë
dhe të mendosh për ëndrrat e pambira!
Të soditësh perëndimin
dhe të ndjesh mallëngjim për gjithë agimet e humbura!
Të imitosh një fill të zgjatur, sterrë të zi,
që përçon mijëra kilovat dritë.
Të vraposh pas xixëllonjave nën hënë
dhe të kuptosh se jeta nuk është asgjë më shumë
se një ndezje-fikje në mes të errësirës!
Të hetosh një pendë që t'i gjesh brenda sekretet e fluturimit
dhe të kujtohesh se të parët e përdornin për të shkruar.
Të mburresh me plagët si dëshmi e përpjekjeve.
Të xhelozosh një pemë të thatë, që vdekja ia ka mbushur krahët,
fole zogjsh në vend të gjetheve.
Të urresh padrejtësinë që i bëjnë gurit, duke e krahasuar me zemër.
Të dashurosh gjithë bukurinë që lulja nxjerr nga plehu.
Të dëgjosh bretkosat pranë një pellgu në muzg,
dhe të kujtosh rrëfenjat e fëmijërisë.
Të dashurosh pa asnjë shkak,
i bindur se mungesa e shkakut është kushti i vetëm i dashurisë.
Të bësh kaq,
a shumë më shumë,
i bindur se fryma dhe shqisat
janë parajsa jonë e vetme
(ndoshta ferri ynë gjithashtu)!

Ara me grurë

- Grurë si i yti nuk mbahet mend, - i thoshin më të vjetrit.

- Më ndihmoi Perëndia, mbolla edhe djerrinën përbri. Grurë me bollëk sivjet, - gjegjej shend e verë Doda.

- Nuk ia bjerrë Zoti mundin punëtorit, jo.

- Për besë, kët' mot m'i çlodhi krahët, - thoshte Doda dhe turravrap shkonte nëpër grurë, duke tundur ca kanaçe të mbushura me guralecë.

Zhurmonte që të trembeshin zogjtë. "Duhet pasur shumë kujdes", mendonte, "ndryshe këta shpend të uruar të lënë vetëm bykun". Hekakeq, eshtak, me lëkurën e përzhitur nga dielli dhe me kanotierën e përzhurgur nga pluhuri, ngjante si një dordolec që sillej nëpër grurë. Vetëm atë nuk e shqetësonte ufma e gushtit. "Bekuar ufma që pjek të tillë grurë, që s'mbahet mend", thoshte me vete dhe bënte zhurmë.

***

Të pikonte shpirti tek shikoje gjithë fushën me grurë të pakorrur që digjej aq rrufeshëm. Kur pa flakën që vallëzonte në arë si gjuhë djalli, Doda, në alarm e sipër, u rrek të gjente ndonjë lopatë ose makare, ndonjë degë me gjeth të dendur, që të luftonte me flakët. Gjithë ç'gjeti qenë kanaçet me guralecë. Gjithë ajo frikë nga zogjtë. Gjitha ato masa të marra për zogjtë dhe asnjë masë për zjarrin. Ç'marrëzi! Mori katër zhurmues dhe filloi t'i tundte me sa fuqi kishte.

Arritën fshatarët, kush me lopata, kush me dëllinja të njoma, kush shulak fare vetëm me këpucët e tij, u vërsulën ta shuanin atë të flamosur zjarr, ndërsa Doda zhurmonte sa i hanin krahët. Zogjtë, që iknin nëpër tym, i përngjanin ku e ku më ngushëllues se fjalët e fshatarëve dhe përpjekja e tyre trashanike për të shuar atë zjarr që s'kish të ngopur.

(Mos)Puthja!

"Duhet të dini se në Gubio, të gjitha shtëpitë mesjetare kanë dy dyer. Një derë normale për të gjallët dhe një tjetër, më të ngushtë, për të vdekurit. Kjo derë hapet vetëm atëherë kur duhet të dalë një arkivol nga shtëpia. Pastaj mbyllet përsëri me mur, që të vdekurit të mos kthehen mbrapa. Sepse dihet që të vdekurit mund të kthehen vetëm andej nga dalin. Dera ndodhet rreth një metër lart nga toka, në mënyrë që njerëzit e shtëpisë t'ia kalojnë arkivolin njerëzve të funeralit që ndodhen në rrugë. Gruaja për të cilën po flas, banonte në njërën prej këtyre shtëpive...".

S'e çon dot më tutje leximin. Shikon detin dhe ndjen një mërzi më të madhe se hapësira e tij. Edona, një ditë më parë ka lënë plazhin. Si shumica e simpative verore, lidhja e tyre nuk qe kushedi çfarë. Madje zor se mund të quhej lidhje. Rastisën shokë skuadre në lojën e volejbollit. Biseda u ngjiti dhe e trashën. Deri para dy netësh, kur në shëtitjen e mbrëmjes, Aroni e kishte puthur. Puthur? Prekje e lehtë buzësh, si dy krahë këmbësorësh, që prekin kalimthi njëri-tjetrin në një rrugë të ngushtë. Si prekja e Zotit te piktura "Krijimi i Adamit". Një prekje aq e lehtë, pas së cilës lind një botë e tërë ëndrrash dhe brengash. Edona qe dridhur, skuqur dhe ia kish mbathur me të katra. Aroni kish mbetur si bust mortor, i pashkulshëm nga pesha e rëndë dhe e ftohtë e mermerit. Të nesërmen, Edona qe larguar. Historitë e shkurtra përherë lënë brenga të mëdha. Brenga këto, që më shumë se gabimet e kryera, ushqehen nga hapat e pahedhur. Ndaj Aroni ndjen një plogështi që i varet në zgavër të kraharorit.

Të vetët kanë shtruar kartat e bixhozit. Që të bëjë paqe me diellin, Aroni lyroset me kremin e blerë qëllimtas. Merr nën sqetull dyshekun e fryrë të ajrit e futet në det. Shtrihet mbi të si mbi një varkë. Si mbi një trap, më saktë. Sa më shumë i largohet bregut, aq më shumë përhumbet. Mendon për detarët, për udhëtimet e tyre në zemër të oqeaneve, në bosht të stuhive, për anijet e tyre të rënda, të mëdha, të fundosura dhe përqafon dyshekun modest. Pas tij, njerëzit, çadrat, pemët, pallatet zvogëlohen vazhdimisht. Kur njerëzit marrin madhësinë e milingonave dhe pallatet ngjajnë si gurë dominoje të ngritura në këmbë, të gatshme për të rrëzuar njëri-tjetrin, Aroni ndjen një lloj paqeje. Ka ndjesinë se është shtrirë mbi një qilim fluturues. Kaltërsi në të katër anët. Vetëm një mal i thatë, djegur nga dielli, duket në horizont si një elefant i ngordhur. Shtrihet në shpinë dhe sheh qiellin. Asgjë nuk është e vërtetë. E vërteta është monopol i Zotit. Ndërmend i shkojnë shumë gjëra, ndër to edhe predikuesit e mërzitshëm, ndaj përpiqet t'u ndryshojë udhë mendimeve. Ç'kuptim ka të mendosh për galaktikën, yjet, qiellin kur shpirti të qan ngaqë (s)ke puthur një vajzë? Se pse i kujtohet hija. Ka një farë shenjtërie hija, arsyeton. Pa të bota do ishte e përzhitur, si gatimet e harruara në furrë. Pastaj mendon për detin, dallgët dhe në mendje i vijnë djepi, nëna...

Kur zgjohet, mali ka madhësinë e një kopse. Sa kohë ka dremitur? Sa larg është nga bregu? Deti s'ka as metër, as orë. Si hapësira, thonë disa. Si shkretëtira, shtojnë disa të tjerë. Vozit dyshekun në drejtim të malit. Lavdi Zotit është zgjuar para se ai të zhdukej, ndryshe nga do t'ia mbante. Kremi ka avulluar. Dielli që i djeg mbi lëkurë i sjell ndërmend dashurinë për hijen. Mali fillon të rritet, por me nge. Në rrëzë të tij fillojnë të duken pallatet, pas tyre pemët, çadrat, njerëzit. Te çadra e tij, ndërtuar me kashtë si në kohën e grurit, sytë i zënë një grumbull njerëzish. Hamendëson se i ka mbledhur fallxhorja Sabrinë, që me truket e saj provon të befasojë turmën. Kur afrohet edhe më, lexon alarm në lëvizjen e turmës dhe kupton se diçka ka ndodhur. U jep krahëve me ngut. Del nga deti dhe nxiton të mësojë ç'ka ngjarë.

- Çfarë ka ndodhur? - pyet një të panjohur, kur dallon uniformat e policisë.

- Thonë se është mbytur dikush, - gjegjet i panjohuri.

Fillon të dridhet kur dëgjon vajin e një gruaje. Ankthi e shtyn t'ia japë vrapit. Vaji i gruas është vaji i nënës së tij. E ëma, kur e sheh, e humb krejt fijen. Kupton se i mbyturi ishte ai...

Gjithë pasditen e kaloi duke dhënë shpjegime dhe duke dëgjuar kritikat e të sharat e të vetëve. Në mbrëmje, kur iu kthye leximit, i ra ndërmend dera e mbyllur për të vdekurit.

“Po të ngriheshin të vdekurit, domethënë Zoti a Vdekja t'u jepte disa ditë leje, të gjallët nuk do i prisnin me lule, siç i kanë përcjellë, por me kritika, me yshtje, me ankesa dhe sharje për dhimbjen e shkaktuar”.

“Po nëse kthehet Edona papritur, si do e prisje?”, pyet veten. “Pyetje idiote”, mërmërit, “Vetja nuk gënjehet dot”. Edona brenda tij ishte më e gjallë se kurrë.

FATOS MULLISI

Njeriu nga asnjë vend

Ditë e natë punova për shkrimin e një romani. Sipas bisedës që bëra në telefon me botuesin, e lamë të flisnim më konkretisht nga afër rreth botimit të librit. U takuam te libraria e shtëpisë së tij botuese.

- Dëshironi të hidhni një sy vërdallë? – më pyeti ai burrë shtatvogël, duke më kërkuar me mirësjellje ta prisja sa të mbaronte disa punë të vogla në kompjuter.

Pastaj, thirri njërën nga shitëset:

- Tregoi zotërisë disa nga botimet e fundit.

Me këtë m'u duk sikur më hoqi qafe, duke më lënë në shoqërinë e librashitëses, një prej atyre grave që nuk u lexohet mosha dhe që buzëqeshin gjatë gjithë kohës. Ai e dinte mirë se gjatë pritjes do t'i vija librarisë rrotull, por nuk do të blija asgjë. Sidoqoftë, qëndrimi i një shkrimtari pranë banakut bën figurë të mirë në librari e kjo për të ishte një lloj reklame.

Gjatë hallakatjes nëpër stivat e librave dhe shfletimit të ndonjërit prej tyre, veshi më kapi disa dialogë mes librashitëses dhe klientëve. Dikur, tingulli lajmërues se dikush hyri brenda, më bëri të ktheja kokën instinktivisht. Një grua e pispillosur, me një dekolte të ekzagjeruar të fustanit, që farfurinte nga ngjyra e ndezur portokalli, iu drejtua librashitëses:

- A mund të më rekomandoni një libër të ndonjë autori të huaj? Ndonjë të kohëve të fundit...

- Patjetër, zonjë! Ky që kam në dorë është libri i fundit i Pexhi Kerrit. Është "bestseller", libri më i shitur sot për sot. Është shumë i bukur...

Ndërsa fliste, tregonte me gisht një stivë të madhe librash pranë banakut dhe pikërisht një titull të shkruar me germa të mëdha: ''Njeriu nga asnjë vend''.

- A ia vlen të lexohet gjatë pushimeve? – foli tërë dembeli gruaja, që ndërkohë e kishte marrë librin në duar e po e shfletonte.

- Si jo?! Ia vlen shumë. Jua thashë, është shumë i bukur, - ia ktheu gjithë entuziazëm librashitësja, pa e hequr buzëqeshjen nga fytyra. - Në fakt, është me të vërtetë një kryevepër. Kritikët e kanë vlerësuar si librin më tërheqës të sezonit. Është botuar tamam për sensacion.

- Me të vërtetë?! – shprehu habi klientja. – Në rregull atëherë, ma paketo se do ta marr.

E ndërsa po bëhej gati të nxirrte paratë nga kuleta, sytë i ngecën diku:

- Ajo seria e librave blu në sergjenin e sipërm... - dhe ia tregoi me gisht për ta orientuar.

- Po, zonjë. Janë libra enciklopedikë, por në gjuhë të huaj.

- Nuk ka rëndësi gjuha, se edhe në shqip po të ishin, nuk kam ndërmend të humb kohën me to... mendoni se do t'i lexoja? – buzëqeshi për herë të parë dhe me një ironi të theksuar gruaja me dekolte. - Mos e dhëntë zoti! Por ajo ngjyra blu e librave më shkon shumë për shtat me ngjyrën e murit. M'i zbrisni poshtë dhe m'i paketoni, - e mbylli me një lloj urdhri të butë dhe pa iu dridhur dora pagoi paratë dhe u largua e lumturuar që sallonit të pritjes së mysafirëve do t'i shtonte një element estetik, që do tërhiqte vëmendjen.

Nuk vonoi shumë dhe një tjetër zonjë, që mbante në krahë një qen të vogël, veshur me një rrobë të lehtë "Burberry", hyri dhe u ndal drejt e në banak.

- Diçka të re të trilluar? – pyeti, pasi e përshëndeti veç me një lëvizje të kokës librashitësen.

- Po zonjë, do t'ju rekomandoja një libër shumë tërheqës: "Njeriu nga asnjë vend". Në fakt, përkthyesja e librit shkruan në parathënie se është libri më i bukur që ka bërë deri më sot shkrimtarja Pexhi Kerri.

- Me një fjalë, ju thoni se është...

- Po zonjë, një histori shumë tërheqëse dashurie, - e ndërpreu shitësja. - Ime bijë po ma lexonte mbrëmë një pjesë me zë të lartë. Mezi e lexonte nga lotët.

- Se mos është libër me zarar, - tha ajo e shqetësuar, duke ledhatuar qenin që s'pipëtinte. - Unë për vete nuk lexoj, por më kërkoi vajza t'i blija një... E kam gjimnaziste.

- Pa merak. Ju siguroj se është krejt pa zarar. Në fakt është shkruar në një stil të vjetër, njësoj si librat e bukur të së kaluarës, tamam njësoj, - dhe këtu librashitësja përmendi disa autorë, si: Dikens, Çehov e sa e sa të tjerë.

Zonja u bind dhe e bleu librin "Njeriu nga asnjë vend", madje të paketuar dhe me një fjongo të kuqe sipër mbështjellëses. Pa dalë ajo ende nga libraria, dera u hap sërish e një mesoburrë me flokë të rënë e lëkurë të kuqe hyri brenda.

- Desha të më rekomandoni një libër të thjeshtë me humor, - foli ai me një zë të lartë e kumbues.

- Po, - tha librashitësja dhe fytyra iu ngërdhesh nga të qeshurit. – Këtu kemi diçka të mrekullueshme: "Njeriu nga asnjë vend", libri më humoristik i sezonit. Im shoq po e lexonte mbrëmë dhe nuk e mbante dot të qeshurin...

...

Blerësit vinin e iknin njëri pas tjetrit dhe "Njeriu nga asnjë vend" u shit si libri më i përshtatshëm për pushime; si një histori shumë tërheqëse dashurie; si libri më satirik i sezonit; si libri më i mirë për ditët me shi; si libri më...

Nuk durova dot më dhe iu afrova librashitëses:

- Ky libër, "Njeriu nga asnjë vend", më duket se për ju është libri më i mrekullueshëm!

Librashitësja, që për aq kohë sa isha aty e kish kuptuar që s'kisha ndër mend të blija gjë, tundi kokën, duke më ngulur sytë, dhe ma ktheu aty për aty:

- T'ju flas hapur, ky libër është një kotësi e vërtetë. Duket që nga titulli.

- A e keni lexuar?! – e pyeta i çuditur.

- Jooo zotëri, jo! Duhet të kisha shumë kohë që të shfletoja gjithë librat e rinj.

- Po këta njerëz që e blenë librin, a nuk do të zhgënjehen?

- Aspak! – foli ajo serbes. – Jam e sigurt se ata nuk kanë për ta lexuar kurrë.

- Por, së paku, burri dhe vajza juaj mendojnë se është libër shumë i mirë, - ngula këmbë.

Librashitësja sakaq ia dha të qeshurit me të madhe:

- Unë nuk jam e martuar...!

Poezia më përgatiti për kohë të vështira

LULJETA LLESHANAKU

"Mendoj që dhurata më e madhe që i është dhënë njeriut është padija, injoranca, gjërat që nuk di, ndër to edhe mosdija për momentin e vdekjes."

***Intervistuesi:** Kemi trokitur në portën e një prej poeteve më të mira të gjuhës shqipe me dëshirën për të ndarë ndjesi, copëza jete dhe krijimtarie...*

Luljeta Lleshanaku: Falemnderit dhe urime edhe ju për revistën! M'u duk mjaft serioze dhe e konceptuar me sqimë!

***Intervistuesi:** Nisur edhe nga përvojat e mëparshme, zakonisht si ndiheni përballë një mikrofoni, diktofoni apo një mail-i mbushur me pyetje? Pra, si ndiheni përpara një interviste?*

Luljeta Lleshanaku: Mosha dhe përvoja sikur të japin një lloj rehatie, pasi tashmë të duket sikur e ke një përgjigje për çdo gjë. Dhe të pëlqen që të flasësh, të ndash, deri kur e kupton se po përsërit të njëjtat gjëra... që ndodh jo rrallë, sepse zhvillimet brenda teje, reflektimet, zakonisht kanë një ritëm më të ngadaltë se ato jashtë teje...

***Intervistuesi:** Le të flasim pak për atë që ju ka shënjuar në jetë: çfarë është poezia për ju? Çfarë ju shtyu drejt saj dhe a është dikush, qoftë edhe poet, që ka ndikuar më shumë drejt*

Botime në Anglisht

Fresco, New Directions Publishing, 2002
Child of Nature, New Directions Publishing, 2010
Haywire: New & Selected Poems, Bloodaxe Books, 2011
Negative Space, New Directions Publishing, 2018
(emërtuar për Griffin Poetry Prize)

kësaj nxitjeje?

Luljeta Lleshanaku: Ashtu mendoja edhe unë deri vonë, që poezia është arsyeja për të cilën jam në këtë botë... por, së fundmi, kam filluar ta vë në dyshim. Mund të jetë shumë më e thjeshtë se kaq: të kujdesem për prindërit e mi të moshuar dhe të paaftë për t'u kujdesur për veten (në sytë e Zotit, gjërat kanë një masë tjetër!). Atëherë poezia nuk është më qëllim, arsye. Poezia ka qenë dhe është mjet: ajo ma ka bërë jetën më të lehtë, si një alternativë tjetër të jetuari, sidomos atëherë kur unë kam pasur më shumë nevojë për të, në fillimet e mia, si i vetmi shteg daljeje nga ai realitet i tmerrshëm dhe i pakapërcyeshëm i asaj kohe (flas për Shqipërinë e viteve '80). Dhe më pas, ndoshta poezia shërbeu për të më përgatitur për kohë të vështira, për periudhën që po kaloj, në mos qofshin periudha edhe më të vështira ato që më presin përpara. Një poezi e *Yehuda Amichai*-t flet se si i ati e këshillon të mësojë violinën, se do t'i duhej për një ditë të keqe. Poezia thjesht ma ka bërë jetën më të përballueshme, në kuptimin që, përmes artit, e vesh botën me imagjinatë, i jep cilësi që nuk i ka, njëlloj si të luash muzikë. Madje edhe kur nuk përcjell ndonjë ide. Psh., një nga pikturat e mia të preferuara është një peizazh mjerimi i *Egon Schiele*, i quajtur "House wall on the River", që nuk thotë asgjë, por që të mbërthen, të magjeps deri në palcë, pa mundur të japësh një shpjegim se pse; mund të jetë thjesht zgjedhja, harmonia e ngjyrave, që e bën një pamje kaq dëshpëruese të veprojë estetikisht në shqisat dhe emocionet tona.

Qe krejt rastësi mënyra se si iu futa poezisë: rreth moshës 12 vjeç m'u kërkua të recitoja diçka përmendësh dhe, ngaqë nuk mbaja mend asgjë (sot e kësaj dite ndodh e njëjta gjë), m'u desh të improvizoja diçka që u duartrokit. Dhe prej atij momenti, fillova ta shoh si një mundësi poezinë. Përveç një daje, askush nuk më ka marrë seriozisht në familje, se për ta, si familje politike, arti ishte një shaka. Dhe natyrisht, është gjithmonë ndonjë mësues letërsie, që të jep vetëbesim.

Në kushtet e poezisë që qarkullonte në atë kohë, ishte shumë e vështirë të krijoje një shije të mirë për poezinë. Pra, në rregull, mund të shkruaj, por si do të shkruaj? Përveç ndonjë poezie të rrallë në letërsinë shqipe, një antologjie të poezisë greke të përkthyer në shqip atë kohë, ndonjë vargu të *Jacques Prevert* apo *Paul Eluard*, që lexoheshin jo pa një lloj qaravitjeje sentimentale në ndonjë program të rrallë kulturor në radio, nuk kishte asgjë që të më impresiononte. I vetmi libër që më krijoi një perspektivë krejt tjetër për poezinë, edhe pse nuk arrija ta kuptoja plotësisht, ka qenë një vëllim në anglisht, që e kam lexuar në vitin 1989 e që me siguri do të ketë hyrë ilegalisht në Shqipëri (por sot e kësaj dite nuk e di se si): "The People, Yes" i *Carl Sandburg*, botuar në vitin 1936.

Proza më ka dhënë më shumë: prej Hygoit mësova patosin, fuqinë e së mirës dhe të keqes; prej Balzakut mënyrën për të penetruar në mendjen njerëzore. Por më shumë se leximet, besoj se ka qenë kinemaja ajo që ka ndikuar tek unë, ata pak filma që shihnim fshehtas orëve të vona nga televizioni italian: *Bertolucci, Fellini, Rossellini*, etj. Dhe është e shpjegueshme deri diku, pasi poezia konsiston më shumë te fuqia abstraguese sesa te zgjedhja e fjalëve. Mendoni vetëm se sa shtresa kuptimore gjenden në detajet kinematografike, dialogjet apo qoftë edhe në gjestet e thjeshta dhe shprehjet e fytyrës. Një regjisor i mirë është sa shtatë poetë bashkë, mendoj. Dhe meqë jemi te *Bertolucci*, edhe ai në fillimet e veta ka dashur shumë të bëhej poet, duke ndjekur gjurmët e të atit, *Attilio Bertolucci*, dhe jo rastësisht kjo shtysë e nxori te kinemaja.

Intervistuesi: *Përgjithësisht, poezia juaj është atipike, me një varg të gjatë, narrativ, ndryshe prej modeleve... vjen natyrshëm e tillë, apo si qëllim në vetvete?*

Luljeta Lleshanaku: E thënë ndryshe: erdhi një moment që konsumova atë ngutin për t'i folur botës për veten, konsumova historinë personale dhe e zhvendosa fokusin jashtë meje. Pra, kalova nga rrëfimi në vetën e parë në vetën e tretë, nga poezia lirike në atë narrative, që kërkon më shumë nge, pjekuri, vizion dhe natyrisht guxim. Në thelb, të dyja janë forma të observimit të botës në sytë e mi, por poezia narrative jo vetëm që është më e këndshme (me subjekt, karaktere, konflikte), por edhe një mënyrë më e tërthortë dhe pak imponuese e të shprehurit, njëlloj si parabolat e Krishtit në Bibël. Kjo nuk do të thotë se është më e lehtë për t'u shkruar; përkundrazi. Por nga ana tjetër, ky format të jep më tepër hapësirë, liri, dhe e bën lexuesin pjesë. Vargjet e gjata, struktura, vijnë vetvetiu, nuk janë një zgjedhje e imja, tamam si ritmi në bisedën e folur: kur ke një histori për të treguar, e merr shtruar. Por poezia narrative është e tillë që edhe pse të pëlqen shumë kur e lexon tek të tjerët, nuk ndjehesh i gatshëm për të deri në një moment të caktuar, që vjen si një përzierje përvoje dhe maturie.

Intervistuesi: *Të shkruash poezi apo letërsi në përgjithësi është proces, aq sa mund të kthehet edhe në stil jetese. Dua të di: si është ai para-proces, po e quaj, që ju përgatit për momentin e shkrimit? Çfarë ndodh me ju? Dhe si shkruani?*

Luljeta Lleshanaku: Në kuptimin e disiplinës së punës, nuk mund të them se e kam shndërruar në një stil jetese. Besojeni apo jo, kam punuar seriozisht me të vetëm nga një muaj në dy vjet apo diçka e tillë, ndaj edhe kam pak libra. Por, unë e shoh si stil jetese në një aspekt tjetër: kureshtja analitike me të cilën e përjetoj çdo përvojë, është ajo lloj kureshtje për të cilën flas në poemën "E hëna në shtatë ditë", me atë fëmijën që mezi pret që t'i prishen lodrat, për t'u hapur barkun me ingranazhe, për të kuptuar mekanizmin që i vë në lëvizje. Pra, poezia për mua ka qenë një kërkim i momentit kur objektet, ngjarjet, janë të lira nga funksioni, si një lloj autopsie, për të kuptuar esencën e gjërave, mënyrën se si funksionojnë. Kurrë nuk shkruaj poezi kur jam në një gjendje të fortë emocionale, as për mirë dhe as për keq, sepse më nevojitet qartësi, distancë. Unë zakonisht nuk mbaj as shënime, që duhej ta bëja në të vërtetë; kam vite që lexoj relativisht pak, sepse nuk kam pasur kohë, dhe leximi gjithashtu e ushqen shumë gjithë këtë proces. Por, në fund, atë muaj që arrij ta siguroj për vete, del në sipërfaqe gjithçka që kam përtypur brenda dy vjetëve, pasi kujtesa ka mënyrën e vet të seleksionimit të gjërave, që është shumë interesante. Edhe nëse hedh herë pas here ndonjë ide në copa letre, që pastaj i humb, nuk kam keqardhje, sepse nëse nuk jam në gjendje t'i kujtoj, atëherë nuk kanë pasur ndonjë peshë.

Por është pothuajse gjithmonë një shkak i jashtëm, një rastësi "fatlume" që vë në lëvizje imagjinatën dhe idetë. Po e ilustroj me një shembull, me një përvojë të fundit, prej së cilës mendoj se ka dalë një poezi: gjatë muajit prill jetova në Zug, Zvicër, në një shtëpi në periferi të qytetit. Unë sot e kësaj dite kam frikë nga errësira, sepse më krijon makthe. Një natë, vetëm dy drita të vetme ndriçonin errësirën jashtë, që ishin dy drita të harruara ndezur në një ndërtesë, që doli të ishte shkolla e fëmijëve me aftësi ndryshe. Në netët në vazhdim, harroheshin dy drita të tjera ndezur, në kate të ndryshme, dhe e gjitha kjo dukej si një kod alfabeti mors, që përkonte (për shans) me fenomenin, si një analogji e përkryer me atë komunitet të izoluar, të pakuptuar dhe të paaftë për të komunikuar me botën. Dhe, për më tepër, fëmijët "normalë" nga shtëpitë jashtë hynin fshehtas për të luajtur me ta, pa lejen e prindërve: të gjithëve na vjen keq për ta, e pranojmë që janë engjëj, por, ama, e thënë jo pa ironi, nuk duam ta përziejmë botën tonë reale me "punët e qiellit". Pra, ju dhashë një shembull gati banal se si një detaj i vogël mund të gjenerojë ide pafund.

Intervistuesi: *Çfarë ka në "Anën tjetër të malit", po brenda "Homos Antarkticus"?*

Luljeta Lleshanaku: Pyetje me vend. Ndoshta e vetmja gjë e mirë që na dha izolimi i gjatë nga bota, ishte iluzioni se "në anën tjetër" jetohet mirë, ka drejtësi, pra, lokalizimin e së keqes dhe idealizimin e asaj bote që nuk e njihnim nga afër. Hapja politike dhe kulturore, globalizmi, i dha mundësi gjithkujt për ta njohur atë botë, që, natyrisht, nuk ishte aspak aq ideale sa ç'e përfytyronim. Prandaj mendoj se popujt e vegjël, kufizimet gjeografike e sidomos regjimet izoluese, prodhojnë ëndërrimtarë.

Kurse "Homo Antarcticus", që unë mendoj se është poezia më e mirë që kam shkruar deri tani, vë në dyshim vlerat e qytetërimit modern, nisur nga një prej ngjarjeve më të njohura të Epokës Heroike të zbulimeve të mëdha, që është ekspedita fatkeqe e *Ernest Shackleton* në Polin e Jugut, ku 23 burra, që i mbijetuan në mënyrë të pabesueshme kushteve ekstreme të motit, urisë, depresionit, pas kthimit nuk arritën t'i mbijetojnë normalitetit. Kjo është specia e Antarktidës, "Homo Antarcticus", që pasi është përballur me forcat madhështore dhe të mistershme të natyrës, e ka të vështirë të adaptohet me vogëlsitë e përditshme të të jetuarit.

Intervistuesi: *Në pranverën e këtij viti, nga autorët e tetë shteteve konkurruese, ju u shpallët "Poetja europiane e lirisë". Çfarë do të thotë ky çmim për ju?*

Luljeta Lleshanaku: Nga ballafaqimi me botën letrare, vitet e fundit kam kuptuar që tjetër gjë kërkon lexuesi i sotëm nga poezia: diçka më të lehtë, më argëtuese, që afron më tepër me një "small talk", mundësisht me një lloj humori dhe ironie. Dhe shijet nuk mund t'i gjykosh; ato vijnë si rezultat i proceseve të pashmangshme sociale e kulturore; thjesht janë ashtu siç janë! Por, unë nuk jam e prirur drejt kësaj poezie dhe kam menduar që mund të jem disi jashtë mode dhe vonë për të ndryshuar. Pra, e gjitha qe fillimisht një test me veten, plus faktit që ishte e dyta herë që shkoja në finale të këtij konkursi: hera e parë para dhjetë vjetësh. Dhe qe një konkurrencë e vështirë, ku përfshiheshin gjuhët gjermanike, Spanja, Norvegjia, Sllovenia, Ukraina dhe Polonia vetë...

Në të vërtetë, epiteti i "lirisë" nuk është se thotë shumë, pasi unë mendoj se pothuajse çdo poezi, në një mënyrë apo në një tjetër, prek temën e lirisë. Pra, çdo poet, pavarësisht tematikës dhe formës, mund të jetë kandidat. Por, leximi i kujdesshëm, argumentimi dhe sidomos kredibiliteti i anëtarëve të jurisë (përfshirë edhe *Olga Tokarczuk*, që është një nga shkrimtaret e mia të preferuara), mendoj se janë ato që i japin rëndësi këtij çmimi.

Intervistuesi: *E meqë ishim te çmimi i lirisë, çfarë është liria* *për ju, për një grua, për një poete, çfarë është liria në vetvete?*

Luljeta Lleshanaku: Brezi ynë është formuar në komunizëm, në kushtet ekstreme të mungesës së lirisë, duke filluar nga liria e fjalës. Komunizmi, në teori, propagandoi lirinë si çlirim nga prona, por eliminimi i pronës, jo vetëm që nuk i bëri më të mirë njerëzit, por çoi në atë, që Çurçilli e quan "ndarje e barabartë e mjerimit". Dhe duke njohur mungesën e lirisë, mendoj se ne jemi të vetëdijshëm për liritë e fituara, por e kemi të vështirë të kuptojmë kufijtë e lirisë, që liria jote mbaron atje ku fillon liria e tjetrit. Ndaj edhe vendet post-totalitare afrohen më tepër me anarkitë sesa me shoqëritë demokratike.

Në planin personal mendoj se liria absolute nuk ekziston. Për mua, liria është si orët me rërë, klipsedrat, ku duhet zbrazur një gjysmë për të mbushur një tjetër. E thënë ndryshe, kur fiton një lloj lirie, humbet një tjetër. I lirë mund të jesh vetëm nëse të ka hedhur oqeani në ndonjë ishull të humbur ose në një cep të botës pa shpresë kthimi, siç ndodhi me ekspeditën e Shackleton në Polin e Jugut, të përshkruar në poemën "Homo Antarcticus", prej së cilës po citoj këto vargje: *"S'kishim më asgjë. S'i përkisnim më askujt./ Një specie krejt e re: HOMO ANTARCTICUS./ Prova shkencore se "i harruar" dhe "i lirë",/ janë saktësisht e njëjta gjë."*. Ndaj edhe njërën nga poezitë e mia më të hershme, të titulluar "Sorollatjet e lirisë", e mbyll me vargjet: *"U çlirova nga iluzioni i lirisë/ më në fund jam e lirë!"*.

Por ajo çka mendoj se i bën disa njerëz më të lirë se të tjerët, është mënyra se si sfidojnë vetveten, zgjedhjet që bëjnë pavarësisht pasojave, në mbrojtje të bindjeve, parimeve dhe botëkuptimit të tyre. Pra, liria të jep personalitet.

Intervistuesi: *Në vitin 1995 më keni pyetur për një intervistë te "Zëri i Rinisë": "A mendoni se i përkisni ndonjë shkolle krijuese? Në ç'raport jeni ju me shkrimtarët paraardhës shqiptarë?". Më lejoni t'ju pyes edhe unë sot po njëlloj.*

Luljeta Lleshanaku: Secili prej nesh kërkon të jetë unik, aq sa krahasimet, edhe me më të mirët, nuk merren si komplimente. Por, sado që unë të pretendoj për jo, me siguri e kam ndonjë lidhje me traditën apo me bashkëkohësit e mi, edhe pse nuk kam vetëdije për këtë. Çështja është se kur unë u shfaqa në skenën letrare, në mesin e viteve '90, Shqipëria sapo u hap kulturalisht dhe ne si brez erdhëm si një përmbysje estetike. Ekspozimi i menjëhershëm ndaj gjithë zhvillimeve të huaja letrare, që kishin ndodhur ndërkohë në botë, ishte gati çoroditës dhe nuk kishte kohë për një konsumim të avashtë e të natyrshëm. D.m.th, ishte shumë vonë për t'u bërë pjesë e një shkolle, por shumë herët për të dalë përmbi shkollat. Në rrethana të tilla, gjëja më e mirë do të ishte t'i besoje një instinkti të egër, diçkaje që del vetvetiu me forcë nga brenda.

Por ajo që më ka ndihmuar më shumë, mendoj se ka qenë lënda, përvojat e papërsëritshme, historia personale, që, në të vërtetë, është histori e tri gjeneratave në komunizëm, pra risitë tematike. Dhe drama të tilla prodhojnë estetikën e vet, arkitekturën dhe idetë e veta. Është lënda ajo që përcakton formën dhe jo e kundërta.

Intervistuesi: *Cila është sfida më e madhe për një poete? Ndoshta kjo mund të lidhet edhe me pyetjen pasardhëse...*

Luljeta Lleshanaku: Sfida më e madhe për mua ka qenë: a do t'ia dal që zëri të më dëgjohet? Shkruhet kaq shumë në kohën tonë, edhe në Shqipërinë tonë të vogël, madje në një kohë kur interesi për poezinë sa vjen dhe po bie, saqë duket gati e pamundur që të mund të marrësh vëmendjen e duhur. Por kjo nuk është një sfidë vetëm e imja apo e grave që shkruajnë, kjo është një sfidë me të cilën përballet gjithkush që zgjedh të merret me krijimtari. Pra, është një sfidë me veten, ku natyrisht, edhe fati luan një rol jo të vogël. E që zëri të të dëgjohet, duhet të jesh origjinal, i freskët, befasues, i besueshëm, mbi të gjitha i fuqishëm, sidomos për ne që shkruajmë në një gjuhë të vogël e që na duhet të kalojmë nëpër njëqind filtra për të komunikuar edhe në gjuhë të tjera. Por, sa varen prej teje të gjitha këto?

Intervistuesi: *Në shoqëritë tona, një grua e talentuar duhet të ketë patjetër një problem. Ju e dini shprehjen: "Bëj fëmijë* *ose bëhu murgeshë!". Në udhëtimin tuaj letrar, a e keni ndjerë këtë atmosferë mizogjene?*

Luljeta Lleshanaku: Ndoshta këshilla më e mirë që kam marrë në fillimet e mia, është ajo e tim shoqi, që më thoshte: "Mendo si burrë!". Mund ta lexosh në shumë mënyra: mos u merr me vogëlsira, dil prej kuadrit feministik të gjërave, nënvleftësoji një pjesë të detyrimeve në familje që të mbajnë peng, çoji gjërat deri në fund, mos u kënaq me pak, etj., etj. Nënvleftësuese apo jo, historia u jep të drejtë meshkujve të mendojnë në këtë mënyrë, sepse të pakta kanë qenë ato gra që kanë mundur t'ia dalin vetë. Problemi më i madh nuk ka qenë të përballesh me paragjykimin, por me statusin e të qenit grua, me detyrime që nuk i shmang as sot e kësaj dite, kur jeta është bërë më e lehtë për të gjithë.

Në këtë aspekt kam pasur nënën time model, një grua e fortë, vitale, grua-burrë, që ia doli e vetme të rrisë dy fëmijë dhe të mos dorëzohej kurrë. Si femër, edhe unë nuk kam pritur ndonjëherë të më heqin pallton apo të më ndezin cigaren (e thënë përmes klisheve). Por në një vend ku shkelen në mënyrë flagrante rregullat e konkurrencës, pra vetë kuptimi i konkurrencës, mizogjenia është problemi më i vogël.

Intervistuesi: *E meqë jemi në këtë pikë, po marr guximin për ta shtyrë pak më thellë bisedën. Çdo ditë e më tepër po shohim një botë të trazuar, ku shoqëria zien mes thirrjeve feministe e antifeministe, ku po ndihet një lloj frike e burrave për 'humbje kuotash' në shoqëri, ku një pjesë e njerëzve apo organizatave të ndryshme ngrenë zërin në mbrojtje të të drejtave të njerëzve me prirje jo heteroseksuale e të tjerë që çirren kundër tyre, ku një numër jo i vogël i të rinjve po e shohin me frikë martesën dhe institucioni i familjes është në krizë. Cili është këndvështrimi juaj?*

Luljeta Lleshanaku: E vërteta është se të gjitha shoqëritë janë shumë në borxh me gratë; shoqëria shqiptare jo më pak. Prandaj për mua bën shumë sens një shprehje e Madeleine Albright: "Në ferr ka një vend për çdo grua, që nuk ndihmon një grua tjetër!". Por, nuk shlyhen borxhet, detyrimet e qindra viteve brenda një pesëdhjetëvjeçari, pra, me forcë dhe nga sipër, siç po ndodh me politikat favorizuese të grave në të gjithë botën. Asgjë e vendosur nga lart dhe jo si rezultat i një procesi të natyrshëm, nuk sjell një korrigjim të gjërave, por vetëm krijon padrejtësi të tjera dhe, si rrjedhim, pakënaqësi të tjera. Nuk mund të vësh drejtësi me mënyra të padrejta. Nëse i hap rrugë konkurrencës së drejtë, atëherë çdo gjë shkon në vendin e vet në mënyrë të natyrshme. Kështu që, vëzhgimi juaj mendoj se është i saktë, por kërkon një trajtim më të hollësishëm.

Protestat, për çfarëdolloj arsyeje, i bëjnë mirë shoqërisë. Por në një plan më të gjerë, unë mendoj se tjetërkund është problemi: kriza morale, të cilën nuk e ka pasur as gjatë luftërave botërore, që reflekton edhe në letërsi dhe art. Një i ri, nga ata që shkonin edhe të vriteshin në luftëra dikur, kishte ideale, kauza, sot ka vetëm qëllime, të vogla, të prekshme, të tipit: punë të mirë, shtëpi, numër i majmë llogarie bankare, makinë, pushime etj., etj. Pragmatizimi i jetës ka shkuar në ekstrem, duke fshirë magjinë e saj. Në këtë aspekt, ne jemi breza të humbur dhe ndoshta më shumë ata që do të vijnë pas nesh, sepse nuk kemi asgjë të rëndësishme për të cilën të luftojmë.

Intervistuesi: *Në një nga poezitë tuaja, shkruani: "Yjet janë më të lehtë për t'u shpjeguar se njerëzit". A do ta bënit një provë, për ta shpjeguar njeriun shqiptar?*

Luljeta Lleshanaku: Në momentin që po flasim, akoma nuk kam kthjelltësinë dhe paqen e duhur për të folur për Shqipërinë dhe shqiptarët, sepse kam vetëm katër muaj që jam larguar, përfundimisht këtë herë besoj. E kam jetuar deri në palcë periudhën e komunizmit, sepse kam lindur në vitin 1968 dhe në një familje ku burrat dilnin në punë me dy palë rroba në trup, se mund të arrestoheshin. Kam jetuar edhe postkomunizmin, që jo vetëm nuk rregulloi asgjë, por degradoi edhe atë pak gjë që nuk e shkatërroi dot komunizmi: shpresën! Por do të ishte naivitet të fajësojmë regjimet, historinë, politikanët, duke e trajtuar çështjen si fatalitet, duke e hequr në këtë mënyrë edhe një pjesë të përgjegjësisë nga vetja. Të luash rolin e viktimës nuk mund të jetë vazhdimisht një formë shfajësimi. Tridhjetë vjet pas rënies së komunizmit, ne mbijetojmë, nuk jetojmë. Në një nga poezitë e mia "Me fatin e shkruar në fytyrë", them: *"Dhe ai që është shënuar me mbijetesë/ do të vazhdojë të ushqehet me këlyshët e tij si ariu polar/ pa e kuptuar se moti është ngrohur."*. Pra, problemi ynë është se ne vazhdojmë të veprojmë me mendësinë e të mbijetuarit, me vizione 24-orëshe, pa qenë në gjendje t'i paraprijmë së ardhmes. Që të bësh zgjedhje afatgjata dhe solide, duhet të dalësh mbi interesin e ngushtë personal, të shkelësh mbi veten. Dhe meqë jemi në ditët e kampionatit ndërkombëtar të futbollit, më lejoni të bëj një krahasim: një shoqëri duhet të funksionojë si një skuadër futbolli, ku secili ka rolin e tij, por ama duhet të dish kur t'ia përcjellësh topin tjetrit, në shërbim të së mirës së përbashkët, që është fitorja e skuadrës.

Intervistuesi: *Jeni përkthyer në shumë gjuhë: si është lexuesi shqiptar në raport me lexuesin e huaj?*

Luljeta Lleshanaku: Mendoj se është çështje brezi më tepër sesa vendi apo gjuhe: brezi ynë mendoj se është një lexues shumë i mirë, sepse vjen nga një formim klasik, nga një lexim intensiv dhe i gjithanshëm. Natyrisht lexuesit më të mirë janë shkrimtarët vetë, të cilët, gjithsesi, kanë nuhatje të mjaftueshme për ta kuptuar letërsinë e mirë. Dhe lexuesi i Europës Lindore, që është edhe lexuesi më skeptik, vazhdon të mbetet lexuesi më i mprehtë për mendimin tim. Nuk ka rëndësi nëse shprehen apo se si shprehen, thjesht është një terren, që, qoftë edhe për inerci, zien, ka uri për të njohur dhe mësuar. Ka jetë letrare, debate, konkurrencë. Në një farë mënyre, e njëjta gjë mund të thuhet edhe për Shqipërinë. Kështu që, për mua lexuesi më i paparashikueshëm është lexuesi shqiptar. Qoftë edhe për një arsye të thjeshtë: si mund të joshësh interesin e një audience me të cilën ndaj të njëjtën histori, të njëjtat përvoja?

Intervistuesi: *Duke lexuar poezitë tuaja, krijohet një* *hierarki shpirtrash e jetësh, që përmbyset te metafora tjetër, "të ngjashme me metaforat e Shagallit", do të thoshte Sasha Dugdale, te "Poetry nation review" (38). Flatëruese, apo jo? Si i bëhet me komplimente të tilla, apo me kritika aq pozitive si te "New York Times", "The Guardian" etj?*

Luljeta Lleshanaku: S'di se çfarë t'ju them për këtë pjesë... Recensionet janë të rëndësishme në perëndim, në kulturat e mëdha, sepse tregu i madh ka nevojë për orientim. Dy rreshta në një gazetë të rëndësishme të bëjnë shumë punë. Në Britaninë e madhe, Shtetet e Bashkuara kanë 'Shoqërinë e Poetëve' (*Poetry Society*), që çdo vit rekomandon disa libra si më të mirët. Në Gjermani, vitet e fundit ka qenë 'Akademia e Poezisë dhe Gjuhës' *(Deutsche Akademie für Sprache und Dichtung)*, që shpall librat e rekomanduar të vitit si më të mirët, ndër ta edhe ata që vijnë përmes përkthimeve. Pra, ka një lloj vëmendje të organizuar, që i vjen në ndihmë sidomos poezisë. Recensionet janë përherë një befasi, sepse vijnë nga njerëz që nuk i ke njohur personalisht dhe mund të mos i njohësh kurrë. Sigurisht që gëzohesh shumë kur thonë fjalë të mira, edhe sikur mos të jesh dakord me mënyrën e interpretimit. Por nuk më hiqet nga mendja se si e shkatërroi kritika në një moment të caktuar *Tennesse Williams*, po ajo kritikë që dikur e kishte ngritur në qiell. E kam fjalën, të gjithë kanë nevojë për popullaritetin që të jep kritika, por duke qenë e pakompromis, nuk i dihet se çfarë do të jetë: lajm i mirë apo lajm i keq.

Intervistuesi: *Çfarë është koha për Luljeta Lleshanakun?*

Luljeta Lleshanaku: Sa herë që kthehem në shtëpinë ku jam rritur, më duket se asgjë nuk ka ndodhur që atëherë: çdo detaj nga fëmijëria, zë hapësirë dhe kohë në kujtesën time, kurse gjithçka që kam bërë gjatë 34 vjetëve mund të thuhet në dy rreshta. Shkencëtarët e pranojnë rolin integral që luajnë gëzimi, trishtimi, frika dhe emocionet e tjera në mënyrën se si ne e përjetojmë kalimin e kohës. Po kështu, nëse udhëtojmë për herë të parë në një vend, udhëtimi zgjat shumë më tepër se kur kthehemi në po të njëjtën rrugë. Janë gjërat e reja për syrin, që e bëjnë udhëtimin të duket më i gjatë; informacioni, emocioni që i përcjell ose koha është thjesht iluzion. Kur mbyllet cikli i njohjes, atëherë fillon periudha e "kthimit", ajo periudhë e jetës, e cila thjesht përsërit vetveten dhe duket shumë e shkurtër, edhe pse mund të zgjasë edhe më shumë se e para.

Natyrisht, kur je i ri nuk mendon për të gjitha këto, por kur i afrohesh të pesëdhjetave, vetëdijësohesh për jetën që të ka mbetur dhe për gjithë ato gjëra që ke dashur t'i bësh, por nuk të mjafton koha dhe këtu ndodh edhe një kthesë e rëndësishme, një gjendje alarmi, ndaj heq në mënyrë të pamëshirshme nga vetja çdo gjë të tepërt, çdo marrëdhënie që të vonon.

Intervistuesi: *Nisur nga elementi kohë, më vjen natyrshëm t'ju pyes: në cilën periudhë do kishit dashur të jetonit dhe pse? Për këtë pyetje më ngacmon edhe fakti që më dukeni disi 'jashtë kohe'. E them këtë, sepse, ndryshe nga një pjesë e madhe e njerëzve që janë aktivë nëpër rrjete sociale apo edhe një pjese tjetër akoma më "fanatike", që e kanë kuadratuar jetën në ekranet e ftohta të teknologjisë, ju dukeni jashtë këtij realiteti virtual, që ka marrë përmasa të frikshme.*

Luljeta Lleshanaku: E para nuk kam raporte aspak të mira me teknologjinë: edhe një automat banke apo makineritë e shërbimit të pijeve në vendet publike më nervozojnë. Janë robotë, që kërkojnë një reagim robotik prej teje. Çdo gjë që funksionon në mënyrë arbitrare, jo përmes arsyes, më tremb (pak më sipër ju tregova që kurrë nuk kam mësuar ndonjë gjë përmendësh). Dhe mjafton të shtypësh një komandë gabim, një shifër, një germë dhe të komplikohet jeta aq sa nuk ta merr mendja!

Kurse rrjetet sociale i shoh, së pari, si nevojë për socializim. Unë kam natyrë shumë të tërhequr; që fëmijë më pëlqente të rrija vetëm, kam pak miq; mund të komunikoj me ta një herë në javë ose një herë në tre vjet, pak rëndësi ka, sepse e di që janë (fundja gjithçka ndodh në mendje). E të socializohesh krejt papritur me qindra vetë në facebook, duket sikur shkon kundër natyrës sime. Jashtë mode, tamam ashtu si thoni ju, kur promovimi dhe lidhjet marrin një rëndësi të dorës së parë...

Nuk e di se në çfarë epoke mund ta vendosja veten... Nuk po shkoj më larg, por do të preferoja të jetoja në vitet '30. Kjo periudhë mendoj se ka qenë epoka më iluministe, mendjehapur dhe me klas në historinë e Shqipërisë. Do ta përballoja me kënaqësi ritmin e avashtë të ngjarjeve, udhëtimet me pajtone, postën që vjen një herë në muaj, gramafonat që luajnë të njëjtën pllakë dhe një lloj snobizmi të lehtë, që i shkon një shoqërie që sapo ka filluar të krijojë një identitet të vetin.

Intervistuesi: *Po citoj një nga poezitë tuaja:*

"Kambanat e së dielës
Shpirti im
përplaset si gjuha në faqet metalike të kambanës.
E dëgjoni?
Është kambana e së dielës
është kambana e meshës së madhe të së dielës
kur njerëzit dëgjojnë predikimet për një jetë të pamëkatë
dhe kujtohen të çojnë lule në varreza".

Përpos asaj çka përcjell poezia, më lindin disa pyetje: Si kanë qenë të dielat e fëmijërisë juaj?

Luljeta Lleshanaku: Kanë qenë ditët më sterile të javës, sidomos gjatë dimrit. Sa herë mendoj për të dielat, më shkrihen të gjitha bashkë në një të vetme: kazani ku zienin rrobat e javës dhe shkuma që derdhej mbi furnelën me vajguri; ndeshjet e futbollit në radio pasditeve dhe zëri monoton dhe pothuajse i përgjumur i komentatorit; kori i gjelave të detit, që do të thereshin për Vit të Ri, por që bliheshin një muaj përpara për t'u majmur, dhe kërcitja monotone e drurit që digjej në sobë. Edhe tani kur e kujtoj, më pushton një mërzi e pafund, një nga ato lloj mërzish, një ndjesi hiçi, që disa njerëz i çon në vetëvrasje.

Intervistuesi: *Cila është aroma që jua sjell pranë Luljetën e vogël?*

Luljeta Lleshanaku: Aroma e domateve në kopshtin që

ndodhej para shtëpisë. Kam edhe një poezi për të, "Kopshti i domateve", që e lidh me kureshtjen e hershme erotike, të konsumuar me moshataret e mia aty, në një cep, gjatë mbrëmjeve të verës.

Intervistuesi: *Çfarë do t'i thoshit sot vetes suaj të vogël?*

Luljeta Lleshanaku: Sikur ta dish ti se sa pak serioze është kjo botë...

Intervistuesi: *Fëmijëria juaj ka qenë e trazuar: nëse do të mundnit, çfarë do të fshihnit përgjithmonë nga ajo kohë?*

Luljeta Lleshanaku: U mendova, por kam frikë se asgjë nuk mund t'i heq, sepse është si të heqësh një tullë: bashkë me të do të bien të gjitha të tjerat dhe nuk e di më se kush jam pastaj. Të gjitha janë pasoja dhe vazhdimësi të njëra-tjetrës.

Intervistuesi: *Çfarë simbolizon për ju tingulli i kambanës?*

Luljeta Lleshanaku: Në Zug, kambanat binin pothuajse çdo orë të ditës dhe mua, secila prej tyre, më tingëllonte si një paralajmërim. T'i kujtosh vdekjen njerëzve disa herë në ditë, pra, fundin e pashmangshëm, në një farë mënyre i ruan nga vetvetja. Natyrisht, ky është reflektimi i dikujt nga jashtë, por për vendasit mund të jetë thjesht një rutinë, njëlloj si larja e duarve.

Intervistuesi: *Disa njerëz i shohin varrezat si vendin e pikëpyetjeve të mëdha e ca të tjerë si vendi i vënies së pikës fundore të jetës së një njeriu. Çfarë simbolizojnë për ju dhe a keni frikë nga vdekja?*

Luljeta Lleshanaku: Mendoj që dhurata më e madhe që i është dhënë njeriut është padija, injoranca, gjërat që nuk di, ndër to edhe mosdija për momentin e vdekjes. Përfytyrojeni sikur të dinim më shumë seç dimë, përfshirë të papriturat e frikshme të fatit, përfshirë edhe vdekjen tonë, se si do të përmbysej bota e secilit prej nesh...

Më trondit shumë shpejtësia me të cilën i përcjellim të vdekurit, sikur mezi presim t'i dorëzojmë dhe t'u kthehemi jetëve tona. Brenda ditës mundësisht! (Kam një poezi për këtë madje). Por kjo është krejt kontradiktore me atë që unë mendoj për vdekjen, si fillim, dhe jo si fund i një udhëtimi. Përndryshe, çfarë kuptimi ka jeta e ngarkuar me mund dhe vuajtje? Nëse njeriu është një programim kaq inteligjent (siç doli edhe me zbulimet gjenetike) dhe jo thjesht një produkt rastësor i universit, atëherë duhet të kërkojmë një arsye po kaq inteligjente përtej kësaj. Këtu qëndron edhe frika ime nga vdekja, që është frikë nga e panjohura, e panjohura më e madhe me të cilën duhet të përballemi, madje krejt të vetëm. Kureshtja për botën vjen një ditë dhe konsumohet (tani më shpejt se kurrë falë shpejtësisë së informacionit dhe lirisë së lëvizjes), duke ia lënë vendin gradualisht kureshtjes për botën e përtejme. Bisedoj shpesh me teologë, por edhe ata nuk mund të shkojnë shumë përtej asaj që shkruhet në librat e shenjtë, me përshkrime të cilat na lihen ne në dorë t'i interpretojmë. Dhe sa më thellë zhytesh në përsiatje të tilla, aq më të parëndësishme, të kota, të duken gjithë preokupimet e zakonshme, qoftë edhe nevoja e të shkruarit...

Intervistuesi: *Çfarë është mëkati dhe si do ishte një jetë e pamëkatë për ju?*

Luljeta Lleshanaku: Thjesht fare: "Mos i bëj tjetrit atë që nuk do të ta bëjnë ty!". Masa e mëkatit është masa e dhembjes që i shkaktojmë të tjerëve. Dhe nuk e di se si mund të jetë një jetë e pamëkatë, sepse të gjithë, dikush më shumë e dikush më pak, jemi të dobët, mëkatarë. Por ajo që bën dallimin, mendoj se është reflektimi, ndjesia e fajit. Është një ndjesi e hidhur shumë, do të doje të vdisje më mirë, shumë herë më e rëndë sesa po të jesh viktimë.

Intervistuesi: *A keni një model frymëzimi apo adhurimi në jetë?*

Luljeta Lleshanaku: Mund të rendis një listë figurash të njohura si: *Wernher Von Brown, Henry Matisse, Viktor Frankl, Napoleon Bonaparti, Theodhore Roosvelt, Papa Françesku, Abraham Linkoln, Leonardo Da Vinçi, Françesku i Azisit, Muhamet Ali, Marlon Brando, Mbreti Zog*, etj. Por, ata që më vijnë në ndihmë moralisht në momente të vështira, janë njerëz të zakonshëm, të cilët i njoh nga afër. Nuk janë të përkryer, kanë njëqind defekte, por janë nga njerëzit më të ndershëm, më të drejtë e më me dinjitet që kam njohur: dajat e mi dhe halla ime!

Intervistuesi: *Një libër që ju ka shënjuar jetën? Poeti/ja juaj i/e preferuar?*

Luljeta Lleshanaku: Libri "Lavorare stanca" i *Cesare Pavese*, që më erdhi në momentin e duhur, ka pasur një ndikim të jashtëzakonshëm tek unë. Ndërsa poeti im i preferuar, pa më të voglin dyshim, është *Yehuda Amichai.*

Intervistuesi: *Dhe për koincidencë, këtë numër të revistës kemi disa poezi të Amichai-t. Por, përveç poezisë, çfarë e ka ushqyer tjetër botën e Luljetës?*

Luljeta Lleshanaku: Filmi. Poezia është çka mund të bëj në pamundësi për të bërë filma. Filmi është ajo që kam dashur të bëj në jetë! Por po të flas për këtë pasion tani, duket po kaq qesharake sa të flasësh për dashuritë platonike të gjimnazit, të cilat më shumë kanë ekzistuar në mendjen tonë se në realitet.

Intervistuesi: *Dhe për ta mbyllur këtë bisedë kaq të bukur: çfarë presim së afërmi nga ju?*

Luljeta Lleshanaku: Nuk e di, sinqerisht që nuk e di. Kam nisur një roman para katër vjetësh... Aty-këtu kam poezi të papërfunduara për një përmbledhje tjetër, kam edhe skica për një libër me ese... Nuk e di çfarë do të ndodhë me to, sepse librat, njëlloj si njerëzit, kanë fatin e tyre. Më ka ndodhur që e kam tërhequr dhe djegur në minutën e fundit një dorëshkrim të nisur për botim. Dhe doli që kishte qenë gjëja e duhur, sepse përndryshe nuk do të kisha shkruar "Fëmijët e natyrës", që për mua qe një kthesë e rëndësishme.

Intervistuesi: *Ju falënderojmë për bisedën dhe për gjithçka na keni falur deri më sot!*

Luljeta Lleshanaku: Faleminderit juve, për gjithçka!

Rrëzë murit të një shtëpie

Rrëzë murit të një shtëpie
lyer të duket si gur,
pashë imazhe të Perëndisë.

Një natë pa gjumë, që botës i jep dhimbje koke
mua më dha lule,
që më buisën aq bukur në mendje.

Dhe ai që humbi si qen,
do gjendet si njeri
e do të kthehet sërish në shtëpi.

Dashuria nuk është dhoma e fundit: ka të tjera
pas saj, në korridorin e pafundmë.

Një grua e rregullt

Një grua e rregullt me flokë të shkurtra më sjell rend
në mendime dhe sirtarët e komodinës,
lëviz ndjenjat si mobiliet
në një pozicion të ri.
Një grua me trupin e mbërthyer në bel, të ndarë fort
në pjesën e sipërme e të poshtme,
me sy që parashikojnë motin,
si xhama të pathyeshëm.
Edhe klithmat e saj të pasionit ndjekin me rregullsi,
njëra pas tjetrës:
pëllumb i urtë, pastaj pëllumb i egër,
më vonë pallua, i lënduar, pallua, pallua,
pëllumb i egër, pëllumb i urtë, pëllumb i egër,
mëllenjë, mëllenjë, mëllenjë.

Grua e rregullt: në tapetin e dhomës së gjumit,
këpucët e saj drejtuar gjithnjë larg shtratit.
(Të miat drejt saj.)

Një qen pas dashurisë

Kur ti më le
lashë një qen të më nuhasë
gjoksin dhe barkun. Të ta ndjejë erën,
të niset e të të gjejë.

Shpresoj t'ia kafshojë topet
dashnorit tënd dhe t'ia shqyejë penisin.
Ose të paktën
të më sjellë mes dhëmbësh getat e tua.

Jam bërë shumë leshtor

Jam bërë leshtor në të gjithë trupin.
Kam frikë se do dalin të më gjuajnë për pellush.

Këmisha ime shumëngjyrëshe nuk ka asnjë kuptim
dashurie,
duket veç si një foto ajrore e një stacioni hekurudhor.

Natën, trupi im rri hapur e zgjuar nën kuvertë,
si sytë e lidhur të dikujt që do pushkatohet.

Shqetësuar do të endem;
i uritur për jetë do vdes.

Ama dua të jem i qetë, si një kodër me qytete të
shkatërruara,
i heshtur, si një varrezë e mbushur.

Burri nuk ka kohë

Burri nuk ka kohë në jetën e tij
të ketë kohë për gjithçka.
Nuk ka stinë të mjaftueshme, të ketë
nga një për çdo qëllim. Ekleziastët
e kanë gabim.

Një burri i duhet të dojë e të urrejë njëkohësisht,
të qeshë e të qajë me po ata sy,
me të njëjtat duar të hedhë e të mbledhë gurë,
të bëjë dashuri në luftë dhe luftë në dashuri.
Dhe të urrejë e të falë, të kujtojë dhe të harrojë,
të rregullojë e të ngatërrojë, të hajë e të tresë
ato që historisë
i duhen vite e vite t'i bëjë.

Një burrë s'ka kohë.
Kur humbet kërkon, kur gjen
harron, kur harron dashuron, kur dashuron
nis të harrojë.

Shpirtin e ka të maturuar,
vërtet profesionist.
Vetëm trupi i mbetet përgjithmonë
një amator. Përpiqet dhe humbet,
dështon e s'mëson asgjë,
dehur e verbër në kënaqësi
e dhimbje.

Dhe do vdesë si fiqtë në vjeshtë,
i regjur e i plotë, i ëmbël,
gjethet do thahen në tokë
e degët e zhveshura do tregojnë vendin
ku ka kohë për gjithçka.

Shqipëroi nga anglishtja: Divina Kiçi

Bija e luanit

Katër skllevër qëndronin në këmbë dhe i bënin fresk mbretëreshës plakaruqe, e cila ishte zhytur në gjumë për shtatë palë qejfe e gërhiste pa e prishur terezinë. Në prehrin e saj ishte mbledhur kruspull një mace, që mjaullinte sa herë u hidhte vështrime neverie katër skllevërve.

Njëri prej tyre, në një çast tha: "Sa e shpifur kjo plakaruqja që fle! Shihjani buzët e varura. Sa herë merr frymë, duket sikur dreqi vetë e ka rrokur për fyti".

Macja mjaulliu dhe tha: "Shëmtia e saj teksa fle, nuk është asgjë krahasuar me shëmtinë e robërisë suaj, edhe pse zgjuar".

Skllavi i dytë tha: "E çuditshme, sepse gjumi nuk i ka falur asnjë tis nuri në fytyrë, për të mos thënë që ia ka shtuar rrudhat. Duket sikur po sheh një ëndërr të keqe dhe të kobshme".

Macja mjaulliu sërish e tha: "Ah sikur të flinit dhe ju e të ëndërronit lirinë!".

Skllavi i tretë u tha shokëve: "Më duket se në ëndërr po sheh pirgjet me kufoma të të gjithë viktimave që ka vrarë padrejtësisht".

Macja mjaulliu për të tretën herë dhe tha: "Po, në fakt po sheh pirgjet me kufomat e gjyshërve dhe pasardhësve tuaj".

Skllavi i katër tha: "Sa idiotë jeni, po merreni me një plakaruqe që fle. E çfarë dobie ju sjell kjo? Mos vallë na e lehtëson qëndrimin në këmbë duke i bërë fresk?".

Macja mjaulliu për të katërtën herë dhe shtoi: "Ju do i bëni fresk sot e mot, sepse statusin që keni mbi tokë, do ta keni edhe në qiell".

Një çast, mbretëresha lëvizi në gjumë dhe kurora e saj u përplas përtokë. Njëri nga skllevërit komentoi: "Ky është ogur i zi!".

Macja tha: "Dëmi i dikujt është dobia e një tjetri".

Skllavi tjetër pyeti: “Po sikur të zgjohej tani mbretëresha plakë dhe ta shihte kurorën e saj përtokë? Pasha Zotin, do na therte si qengja!”.

Macja tha: “Ajo ju ka therur që ditën që keni lindur e deri sot, por as që e keni vënë re”.

Skllavi i tretë tha: “Po, e vërtetë që na ther dhe këtë e konsideron si flijim për perënditë”.

Macja, pasi mjaulliu, shtoi: “Për perënditë gjithmonë flijohen të pafuqishmit”.

Sakaq, skllavi i tretë u bëri me shenjë bashkëvuajtësve që ta qepin, u ul ngadalë, mori kurorën dhe ia vuri në kokë mbretëreshës, pa ia trazuar gjumin.

Macja sërish mjaulliu dhe foli me zë të lartë: “T’ju them të drejtën, kurorat e rrëzuara vetëm nga skllevërit merren”.

Pas njëfarë kohe, mbretëresha u zgjua. Vështroi një herë majtas e djathtas, pastaj, duke hapur gojën, u tha skllevërve: “Pashë një ëndërr, ku katër insekte përndiqeshin nga një akrep, duke u sjellë përreth trungut të një lisi madhështor. Bah çfarë ëndrre e shpifur”.

Mandej mbylli qepallat dhe u zhyt sërish në gjumë, duke gërhitur me tinguj të ngjirur që mbushnin dhomën. Katër skllevërit nisën t’i bënin fresk, si zakonisht.

Kurse macja tha: “Bëjini fresk, o të verbër dhe trutharë. Asaj që i bëni fresk, nuk është veçse flakë që do t’ju djegë fytyrat!”.

Shqipëroi: Elmaz Fida

ILDA MEJDANI JEHA

Dimri ynë

Mos u çudit me mua,
kur të nesërmen e dashurisë sonë
të të shoh si një vakt të ftohur,
indiferente, anësore.
Mos u përpiq të kuptosh rënien dhe mpiksjen tënde
tek unë si njollë në mëndafsh...
Përqafomë. Beftaz. Kur të jem duke dalë nga dhoma e fëmijëve,
e ftohtë, fantazmë, pemë në mjegull.
Kthemë tek ty me një gjest të thjeshtë, rrëqethshëm superior:
kapmë nga mjekra, ngrije fytyrën time përballë tëndes.
Mërmërit me buzët e tua, fjalët e mia,
ato që çojnë shkulm gjaku në zemër dhe thajnë frymën.
Puthmë, pushtet-ndihur nga dorëzimi im.
Dhe ashtu, për-pak i herojshëm, fito sërish humbjen tonë...

*****

Duaj me të njëjtën zemër,
shijo me po ata sy mjalti të ri.
Shëtit. Pa kujtesë.
Vrapo. Pa mbërritur.
Kundro. Pa kohë.
Milingonës në lulen e limonit, afroji gishtin tënd të vogël.
jepi shansin e arratisë
në tokën e sajuar,
hutoje me rrengun e njeriut,
fryje tutje kur të jetë mbi thua...
Tradhto me të njëjtën zemër,

fundos me po ata sy, puse të vjetër.
Rënko me erën, dallgo me detin, tërbo me zjarrin.
Bëhu fëmijë.
Vëri buzët në harmonikën e një ushtari.
Kërce mbi themele mëkati.

Virtuoze

Nuk di të dua padashje.
Nuk e lë veten të ma hedhë.
Kohës i sillem me djallëzi për t'u patur zili,
kujtoj sosjen e saj sa herë shijoj verë dhe ngec në kinda mendimesh.
Sekretet, myshku i padukshëm, m'i mban freskët të vërtetat.
Armiqtë e urtë nuk më shqetësojnë. Janë kuaj dimri.
Miqtë e zhurmshëm i ujdis me kënaqësinë e cenit.
Të jem e thjeshtë është gjëja më e vështirë.
Më ka kushtuar një jetë përsosmëria e të dashurit...

***

Nuk i shpëtoj asnjë kurthi ku bie dhe
ndjej sërish dhimbjen si shans lumturie.
Dashuroj mondane të panjohurin e njohur.
U flas fjalëve të tij (secilës si një zemërze)
më qetëson ankthi i tyre.
Kujtoj, shkriferoj bisedat e takimeve të rralla,
sillem sojshëm me të vërtetën, pa ia fyer gënjeshtrën.
Imazhet, idetë, fjalët, ato më të thjeshtat
më trandin, virgjërojnë shqisat.
Sa shumë buzëqesh, qeeeesh e përqesh
në kurthin e përbashkët.

!!!

Ç'të prek?
Ndershmëria - them ndershëm.
Qaj kur një burrë i mirë beson shitësin e peshkut të qelbur
dhe një grua e vetmuar hekuros ditë pas dite vijën e fatit të saj.
Gëlltis me verë të bardhë dhëmbin e qumështit të sime bije.
Me bie nuri i lehonës mes dy botësh...
Dëgjoj xhaz të vjetër, nga ai që mjalton kujtimet...,
perëndimi vel mobiljet me shpirtin e dritës së ikur...
i kundroj si sipërfaqe çaji...
Nuk ëndërroj.
Ndjell e limoj symbyllur çdo faj.
Përkundem nga një ide e qartë,
buzëqeshje e mëshirshme për gjithçka.
Jam dashuria me njeriun që s'jam më.

Bij-za

Si mund t'ju dua si dikur?
Vetëm me zemër,
me damarë rozë,
mollëza zjarri,
pafajësi gërshetash,
dehje gëlqereje e borziloku,
paqe lumi që rrjedh me të mbyturin e ngrohtë...
Si t'ju shpëtoj nga mëshira ime pas çdo përqafimi?
Zvarritni ditët me të folurën tonë të ngutur në telefon,
ilaçe të lira e lajme të pasura me tmerr,
të plakur, të rrudhtë, të hurmët...
Gëzoni si fëmijë kur më shihni.
Më duket se qaj,
kollitem si burrë i brishtë,
më mbyt fara e pendimit.
Shpëtoj me muzikë lemerishëm të ndjerë,

kufje-fshehur në floknajën e hapur.
Ju shoh në sy
me një barrë kurajë
për të qenë e vogël...

***

Shtëpia jonë e veshur me dru arre.
Shtëpia jonë me nur kishe.
Shtëpia jonë e durueshme
kur e përshkon jeta naive,
e freskët, e roztë e vajzës sonë.
E ke kuptuar sa mirënjohës i jemi zërit të saj, që
na zgjon të dielave të bezdisshme, të dielave të tepërta,
që i heqim qafe nëpër aeroporte dhe qendra tregtare.
Shtëpia jonë... ku rrimë
si dy njerëz tmerrësisht të njohur...
që ëndërrojmë të jemi gjithkund
pranë të panjohurish...

1-1

Shkëmbyen një humbje delikate
dhimbje pa palcë,
frymë pa marrje mendsh,
dashuri pa shtrat.
Në tëmtha vuri vaj bajamesh të egra.
Qau butë. Me një këngë fëmijësh.
Dy harabela pa sy i fjetën mbi zemër...

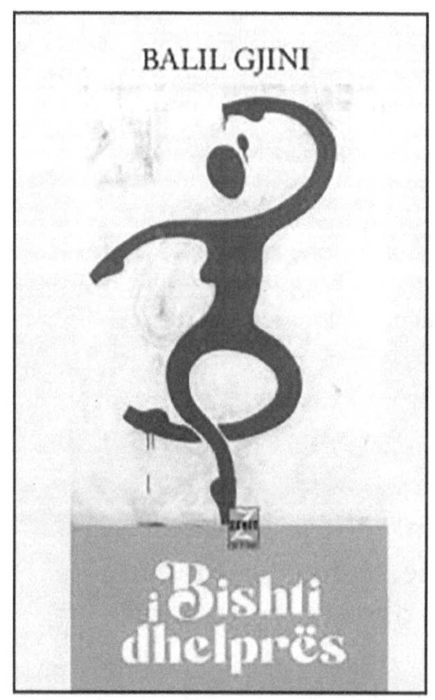
BALIL GJINI
Bishti i dhelprës

BALIL GJINI
E katërta...
ZENIT
EDITIONS

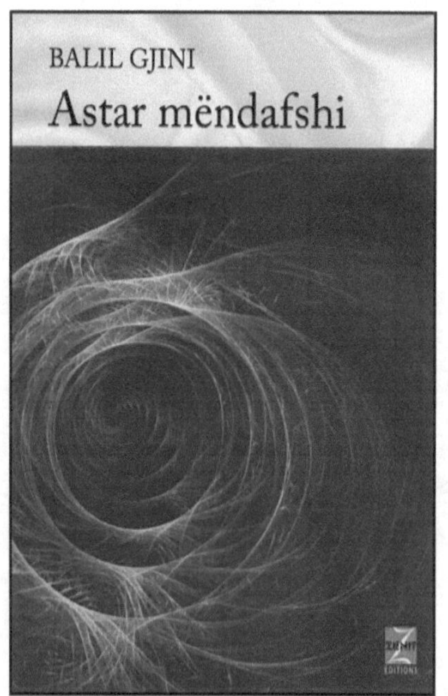
BALIL GJINI
Astar mëndafshi

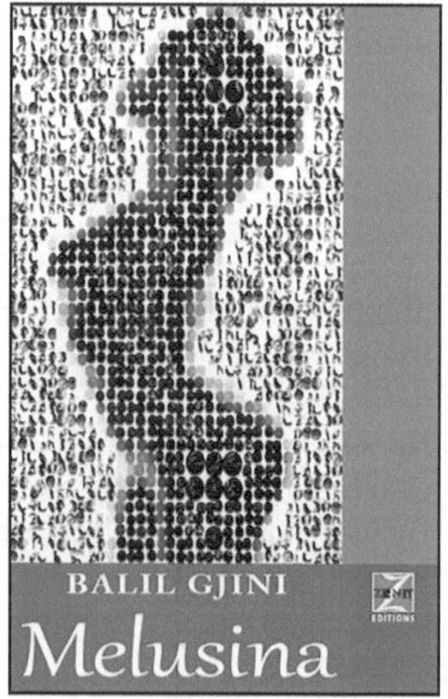
BALIL GJINI
ZENIT
EDITIONS
Melusina

E gjithë jeta ime është peng në duart e rastësisë

BALIL GJINI

Nuk më pëlqen të kem lexues besnikë gjer në vdekje. Më pëlqejnë ata që më tradhtojnë, të pabesët, për shkak se janë ngritur më lart, kanë përsosur shijet e tyre.

Intervistoi Arbër Ahmetaj

Intervistuesi: *Symbyllur hap një libër e lexoj një fjali: "A të kujtohet dadja? Kur dikush bënte ndonjë gabim e ndihej fajtor, i thoshte: Pse më rri si mut i lakërt?" ose në rrjetet sociale dy vargje: "Me shigjeta pasthirrmash ngulur tek trupi/ hidhen shkëmbinjve. (Medet, o det, medet!)/ Sirenat: Fyej të bërë me dhoga tabuti/poshtë mesit bodrum, lart oda gjithë qejf" e them: Balil Gjini! Ja për çfarë do flasim sot, për veçantinë, mëvetësinë, individualitetin në art...*

Balil Gjini: A mund të ketë vërtet mëvetësi dhe individualitet në art? Dihet se libri i parë - Tabela e ligjeve - u shkrua me bashkautorësi në malin e Sinait: Zoti dhe Moisiu. Zoti shkruante mbi pllaka me gisht. Është t'u përmendur se njeriu, pasi provoi mjete të tjera shkrimi, si: stili, penda, lapsi, pena etj., u kthye sërish te gishti; tashmë ai shkruan mbi tastierën e kompjuterit me gisht. Duket sikur është përmbyllur një cikël.

Por këto pllaka, Moisiu i theu sapo u kthye te njerëzit dhe pa se po adhuronin sërish viçin e artë. Të thyesh pllakat do të thotë ta grisësh librin. Po pse e grisi Moisiu librin? Mos ngaqë s'donte që mbi kopertinë të ishte edhe emri i Zotit, pra ngaqë ishte xheloz? Ata e rishkruan prapë librin, por mbi të rëndonte mallkimi dhe, afërmendsh, ai s'ishte më origjinali.

Qysh atëherë, çdo libër që botohet është një lloj plagjiature. Veç kësaj të duket se bota u ezaurua qysh në mitet e parë. Kësisoj, ngaqë s'ka më tema të reja, e vetmja gjë që mbetet është t'i themi të vjetrat në mënyrën tonë. Kjo përbën stilin. Le të marrim tre shkrimtarë që trajtojnë tiraninë: Shekspiri me "Makbethin", Llosa me "Festa e cjapit" dhe Markes me "Vjeshta e Patriarkut". Çfarë librash! Vërtet tema është e njëjtë, por shkrimtarët janë krejt të ndryshëm në teknikat shkrimore. Sajë gjenialitetit, librat e tyre lexohen me një frymë dhe sapo i ke mbaruar së lexuari s'ke si të mos vendosësh duart mbi tavolinë dhe të thuash: çfarë mrekullie!

Intervistuesi: *Keni një gjysmë shekulli që shkruani, si ndjeheni? Si shkruan Balil Gjini? Ju jep energji, apo ju lodh shkrimi?*

Balil Gjini: Të shkruash do të thotë t'i japësh formë kaosit që ke në kokë. Dihet se në ujërat e tij jeton dragoi primordial. Të shkruash do të thotë ta mposhtësh këtë dragua, pra, në një farë mase, ne nuk shkruajmë në faqe letre me penë, por gdhendim shkronja me gozhdë mbi luspat e ashpra të këtij dragoi. Gjaku i tij bëhet bojë shkrimi dhe mposhtja e tij na çliron nga frika primitive. Erërat dhe shija e triumfit na deh dhe na çmend. Përmes të shkruarit ne krijojmë një botë tjetër. Mos vallë ky është një lloj rivaliteti i fshehtë me Zotin? Sigurisht. Ne mund të shtiremi e t'i japim këtij akti përmasa sociale dhe estetike, por, në të vërtetë, është ajo: forca tunduese e djallit. Duke krijuar një botë tjetër, ne s'kemi pse e ndërtojmë atë si bota reale, përndryshe do të na mjaftonte ajo. Ja përse më duken qesharakë të gjithë shkrimtarët realistë.

Por nëse të shkruarit është së brendshmi dhënia formë e kaosit që ke në kokë, së jashtmi ai është prishja e rregullit dhe e rendit të botës, është ai gëzim i çmendur kur shohim lulëkuqen që mbin mes rrënojash. Ka në të diçka nga forca e dominimit dhe e zotërimit të një femre. Midis faqeve të bardha të letrës dhe lëkurës së një femre ka shumë ngjashmëri, aq më tepër po ta mendosh se të dyja punohen me të njëjtin mjet: stilografin. Kafka thotë se sapo mbaroi fjalinë "Ajo po kalonte mbi urë", ndjeu se pika në fund të saj ishte një lloj ejakulimi.

Intervistuesi: *Keni botuar disa libra në prozë dhe poezi, por dua të di: sa ka ndikuar te ju botimi i parë? A e ndryshoi ai procesin tuaj të të shkruarit? Nëse po, si?*

Balil Gjini: Libri i parë është një tufë e ndrojtur lirikash, mbirë mes hithrave e motrunave të diktaturës. Ç'fatmirësi që s'u gallavitëm më shumë me të! Sepse diktatura ishte kuçedra, e cila, për të kapërcyer matanë, duhet t'i paguaje ovulën. Vitet e para në liri kanë qenë vitet e eksperimentimit të gjithçkaje: flokëve, veshjeve, stilit të të jetuarit dhe të shkruarit. Por ato kanë qenë edhe vitet e leximeve të pafundme. Përmes tyre shembeshin mite, kështjella klishesh e steriotipesh dhe ngriheshin të reja. Një nga këto, mbase dhe më e rëndësishmja, ka qenë ajo se letërsia nuk e merr "frymëzimin" nga realiteti. Frymëzim! Çfarë fjale: gjithë parfum të skaduar, fjalë spitullaqe dhe demode. Vetëm naivët mund të besojnë akoma tek ajo.

Jo. Tashmë mendoj se letërsia lind nga letërsia. Këtë tezë të *Harold Bloom*-it e mbështesin edhe shumë shkrimtarë të tjerë. Letërsia lind nga rrënojat, hirat dhe shkrumbrat e saj. Hirat e letërsisë vijnë nga hire të saj. Kësisoj mund të themi edhe se shkrimtari është një lloj shkrumbtari. S'mund të lindë asgjë jashtë rrjedhave, risive e dukurive të veta dhe të mëtosh origjinalitetin, pa njohur dukuritë artistike të të tjerëve, është krejtësisht amatoreske. Kësisoj, në mos gaboj - sepse njeriu duhet të jetë i prirur nga pasiguria - librat që botova më vonë iu nënshtruan këtyre kritereve. Besoj se nga ata do të mbeten nja katër-pesë romane dhe nja tri-katër me poezi. Të tjerët do t'i hidhja me qejf në humnerën e harrimit, siç hidhnin romakët në Gehemën e tyre fëmijët e lindur sakatë. Ndër ta është rritur shkalla e intesitetit kuptimor, terri mistik që i rrethon, eksperimentet me fabulën, bukuria që lind nga kontrasti etj. S'dua të zgjatem më tepër për këtë, sepse jo vetëm që nuk është etike që autori të flasë për librat e tij, por edhe sepse kjo përbën një rrezik: rrezikun që lexuesi dhe kritika t'i marrin si të mirëqëna fjalët e tij. Kjo do të ishte një lloj vetëvrasjeje, sepse e dimë që libri ka gjëra që autori nuk i di as vetë.

Çdo libër i ri është një lloj rimëshirimi. Është diçka shumë kureshtare të shohësh kufomën e vetvetes para njëzet apo tridhjetë vjetësh, ja, aty, si skeleti i një gjinkalle, tek trungu gjithë lëvore i viteve.

Intervistuesi: *Di që sapo keni mbaruar librin e fundit me poezi "Unëgjinjtë (sipas Gjinit)". Një titull intrigues ky; kur do ta shohë dritën e botimit? Çfarë përfaqëson ky vëllim për ju dhe çfarë mund të presin lexuesit prej tij?*

Balil Gjini: Titulli është një paralele dhe një lojë semantike me 'Ungjilli sipas Gjonit'. Për çdo shkrimtar, libri i botuar është një lloj ungjilli estetik dhe artistik, por edhe fetar. Tek titulli im ka edhe paksa ironi të padëmshme, sepse te raporti i shkrimtarit me botën është edhe raporti i tij me femrën: unë dhe gjinjtë.

Po, libri nuk është botuar ende. Për shkak të shumë gjërave, që nuk varen prej meje. Te ky libër është lufta ime me vetveten për të arritur të përkryerën (sipas meje), domethënë të shndërrohem në një lloj zdrukthëtari, që me lima e dalta punon për t'i dhënë formë fjalës. Sigurisht, ky mund të jetë një keqkuptim i madh, por e gjithë jeta e tillë është dhe mua s'do të më vinte aspak keq. Ky proces për të arritur të përsosurën është më i mirë se vetë e përsosura. I vajis makaratë dhe burmat e imagjinatës sonë. Çfarë fatkeqësie dramatike nëse e arrin përsosmërinë që në librin e parë. Atëherë s'ke çfarë të shkruash më: përpara ke një parajsë të bardhë, monotone po aq sa edhe shkretëtira.

Intervistuesi: *Përpara se të vazhdoj me pyetjet e tjera për artin e fjalës, dua që gjithkush të njohë sadopak Balilin të veshur me petkun e përditshmërisë dhe njerëzores: Si ka qenë fëmijëria juaj? Çfarë ju ka shënjuar prej saj?*

Balil Gjini: Pelena, kakë dhe shurrë mes tyre. Në një shtëpi me një dhomë në muret e së cilës koliseshin bajga lope. Vatra me hi ku hidhej kulaçi i misërt. Varfëri ulëritëse. Një fqinj që shkonte për gjah dhe kthehej me ca thëllëza sqepkuqe varur te rripi i mesit. Në darkë shkonim ndonjëherë me babanë dhe ai, teksa pinte ndonjë gotë raki, fillonte e na lexonte një libër, që quhej "Njëqind përralla arabe". Pastaj lojëra të pafundme me shokët, derisa na binte zangara.

Intervistuesi: *Si është një ditë rutinë për ju?*

Balil Gjini: Një ditë rutinë është e tillë, d.m.th rutinë. Zgjimi, ritualet e kafes në orë fikse: një paradite, një mbasdite. Lexime, përkthime ose shkrime të mija: rreth gjashtë-shtatë orë. Shëtitje në lulishten e qytetit, shikime lojërash shahistike ose dominosh. Në darkë emisione televizive, thjesht nga spektakli, kacafytjet. Më vonë shikoj ndonjë film. Bie për të fjetur rreth orës dymbëdhjetë.

Intervistuesi: *Çfarë është e zakonshmja për ju? Po e pazakonshmja?*

Balil Gjini: E zakonshmja është të shikoj një lopë të kuqe të hyjë në pyll. E pazakonshmja do të ishte të shihja pyllin të hynte te një lopë e kuqe.

Intervistuesi: *Kush është personi i gjallë që çmoni më shumë? Po ai më pak i pëlqyeri ose, më saktë, më i papëlqyeri dhe pse?*

Balil Gjini: Jam i zhveshur prej kohësh nga idolatritë dhe urrejtjet primitive.

Intervistuesi: *Çfarë ju tremb, pra cila është frika juaj më e madhe?*

Balil Gjini: Besoj si për të gjithë: vdekja. Frika se ajo mund të mos vijë përnjëherësh, por me lëngime të gjata.

Intervistuesi: *Po keqardhja më e madhe?*

Balil Gjini: Që Zoti na i ka fshehur shumë gjëra.

Intervistuesi: *Çfarë ju përlot? Çfarë jua rrëmben buzëqeshjen?*

Balil Gjini: Ndarjet. Mbesa.

Intervistuesi: *A keni një peng që mund ta ndani me ne?*

Balil Gjini: E gjithë jeta ime është një peng. Të gjitha jetët tona janë pengje në duar të rastësisë.

Intervistuesi: *U rikthehemi librave. Ju jeni kundër ndërhyrjes së redaktorëve; a mund të gjendet një kompromis mes autorit dhe redaktorit?*

Balil Gjini: Jo, s'mund të ketë. Floberi thotë se në veprën e tij autori është si Zoti në qiell: kudo i pranishëm, askund i dukshëm. Është diçka e tmerrshme të shikosh dikënd të jashtëm që vjen e ndërhyn në karabinanë e ngrehinës tënde letrare, teksa nuk njeh as arkitekturën, as të fshehtat e saj. Edhe Pushkini ka një poezi të bukur për kritikun që kllapuritet në veprën e tjetrit.

Më sipër thashë që Moisiu nuk pranoi si bashkautor Zotin. Si mund të pranoj unë redaktorin?

Intervistuesi: *Më lejoni të ngul këmbë në këtë aspekt: e di, edhe Celin, stilisti më i madh i shekullit XX ishte kundër, por letërsia e një gjuhe nuk përbëhet veç nga veprat e gjenive dhe të super të talentuarve...*

Balil Gjini: Te botimet dhe lexuesi ka diçka paradoksale. Dëshira e autorëve për të botuar dhe pamundësia e lexuesit për t'i lexuar të gjitha ato. Një lexues mesatar mund të lexojë gjithë jetën jo më shumë se katër mijë tituj. Ndërkohë vetëm biblioteka e kongresit amerikan ka mbi një milionë e gjysmë të tilla. Po ato të tjerat? Gjithë pirgu i librave në botë mund të jetë më i lartë se Himalajet. Dhe më tej: ndërsa lartësia e Himalajeve është statike, pirgu i librave rritet e rritet. Në këtë fenomen ka diçka të sëmurë, kancerogjene. Shpesh këtë masë të bardhë librash e parafytyroj si një ortek të bardhë, që rritet e rritet, kurse lexuesin si një lule alpine poshtë këtij orteku.

Ç'të jetë vallë e gjithë kjo dalldi për të shkruar patjetër? Mos vallë dëshira që gjithkush të lërë një mesazh për atë, rospinë, Të Ardhmen? Por... ajme! Sepse, E Ardhmja, si rospi që është, merret me elegancën e thonjve dhe manikyrin dhe s'ka nge të merret me ata gërxhot, shkrimtarët.

Sigurisht që letërsia e një gjuhe nuk përbëhet veçse nga gjenitë e saj. Mund të themi se te shkrimtarët e rangut të dytë, siç e ka vërejtur mjaft mirë Borgesi këtë dukuri, gjen ndonjëherë gjëra shumë më interesante sa tek të parët. Kjo ndodh rrallë, sepse, më së shumti, ata janë si ata puset e vjetër të naftës, pompat e të cilëve vazhdojnë të punojnë, teksa poshtë, në thellësi, nafta ka shteruar prej kohësh. Janë me mijëra ata që i qepen letërsisë, i bëhen rrodhe, për paksa lavdi, paksa famë. Njoh syresh që kanë botuar tetëdhjetë, nëntëdhjetë tituj librash. Çfarë marrëzie e mrekullueshme, çfarë deliri! Janë të dëmshëm, sepse prishin klimën letrare. Të kujtojnë një luzmë insektesh, që vërtiten rreth një shiriti me mjaltë, por që, më së shumti, ngecin vetë në të.

Intervistuesi: *Shkrimtarët bashkëkohorë marrin pjesë nëpër seminare, panaire, nëpër tribuna televizive, shkojnë e bisedojnë me lexuesit e tyre; ju e quani këtë një lloj fastfood-i që hahet në këmbë...*

Balil Gjini: Ka një agresion dhe dhunë të paparë ndaj atij që e quajmë lexues. Kam parë shkrimtarë, që me librat e veta nën sqetulla, të veshur e krehur gjemb, armatosur me një entuziazëm butaforik, shkojnë në takime me lexuesin: nëpër shkolla, biblioteka, panaire librash, studio tv-sh. Por mua më duket se shkojnë në një takim me fantazma. Sepse lexuesi i vërtetë ose nuk ekziston fare, ose është tepër i rrallë. Ata u flasin nxënësve dhe studentëve gjithë afsh patetik, duke thirrur hera-herës në ndihmë gjeste dhe pantomima. Por mund të vësh re qetësinë frigoriferike të këtyre sallave. Sepse ata që quhen lexues nuk kanë lexuar asnjë libër të shkrimtarit, asnjë faqe, asnjë rresht. Ata madje e urrejnë shkrimtarin, sepse u ka humbur ca kohë nga gjëra që i kanë më të dashura: takimi me ndonjë shoqe, shkrimi i ndonjë mesazhi në mesenxher, hedhja e ndonjë videoje në tik-tok. I kanë futur në këto salla që u duken si stalla thjesht për rutinë, për të plotësuar kalendarin kulturor të institucioneve. Më kujtohet një tregim i *Jean Joubert*, që flet për një shkrimtar që niset për një takim në një shkollë të largët fshati. Por, sa futet në klasë, shikon sytë e përskuqur të nxënësve, dëgjon ulërimat e tyre dhe pastaj... lukunia e tyre sulet mbi të, gjersa e shqyejnë.

Arti (dhe veçanërisht poezia), duke qenë sqimatar dhe aristokratik, nuk ka punë me popullin dhe turmat. Përkundrazi: shkrimtari duhet ta përbuzë njeriun që shtiret si lexues. Dhe sa për njeriun e mediave - bash atë që s'i ka bërë ndonjëherë pyetjen vetes 'përse jam në këtë botë?' - ai është një qenie e rrezikshme dhe me ngutin për të dalë në majë mund të të shtypë. Jo më kot Kafka thoshte për të: ai do të më vrasë mua. Lexuesi i vërtetë është vetmitar. Me të, aferim i qoftë, mund të pihet një kafe, të flitet për motin, sepse libri ia ka thënë vetë të gjitha.

Intervistuesi: *"Te çdo bukuri ka një lloj arrogance, një lloj dëshire për t'i kthyer shpinën njerëzve dhe botës", jeni shprehur njëherë. I bukur është romani "Uliksi" nga James Joyce, edhe sagat e Prustit, por lexuesi u rri larg, ndërkohë që libra të një cilësie shumë më të ulët përpihen nga lexuesit. Ku gjendet e mesmja e artë në letërsi...?*

Balil Gjini: E thotë *Wilde* se ne i vrasim vetë gjërat që duam, pra gjërat e bukura. Shkaqet pse ndodhin këto janë nga më të ndryshmet, por më kryesorja them se është natyra kriminale e njeriut, prirja e tij drejt perversitetit. Edhe sot ai është i prirur drejt llumit, gjirizeve të tik-tokut dhe instagramit, të cilat krijojnë barazinë për të gjithë ose hierarkinë e hiçkushëve. Duket sikur atë që s'e bëri dot Mao Ce Duni me revolucionin kulturor po e bën *Zuckerberg* me "*facebook*".

Në këtë luftë midis shkrimtarëve të mirë dhe atyre me cilësi shumë të ulët, siç i quani ju, nuk ka kompromis. Mediokrit, për shkak të natyrës së tyre agresive (ata kanë fuqinë e barërave të këqija), fitojnë gjithmonë ndaj të talentuarve. Kjo edhe sepse këta të fundit nuk duan të harxhojnë kohë në një luftë që s'ka kuptim. Mediokrit vërtet fitojnë, ama veç përkohësisht. Diku kam lexuar se në kohën e *Rimbaud* dhe *Verlaine* ekzistonte edhe një shkrimtar tjetër, *Georges Ohnet*, që botonte romane sentimentale, mbi njëqind mijë kopje, të cilët përpiheshin nga lexueset femra. *Rimbaud*, jo. Libri i tij u botua në fare pak kopje dhe lexohej vetëm nga një lexues: *Paul Verlaine*. Por *Paul* vlente më shumë se njëqind mijë damat të mara së bashku. Dhe sot, Ohnetit i ka humbur rodina e nishani, ndërsa *Rimbaud* lexohet akoma.

Intervistuesi: *Çfarë natyre mund të ketë një kompromis që mund të bëni ju si shkrimtar për të rritur numrin e lexuesve ose për të siguruar përfundimisht besnikërinë e atyre që keni? A është ky një subjekt diskutimi mes jush dhe botuesit?*

Balil Gjini: Nuk më pëlqen të kem lexues besnikë gjer në vdekje. Më pëlqejnë ata që më tradhtojnë, të pabesët, për shkak se janë ngritur më lart, kanë përsosur shijet e tyre.

Intervistuesi: *Në një tekst tuajin për cilësinë e poezisë së Visar Zhitit sillni një citim nga Martin Camaj: "Poezia është ari i formuar në barkun e një shushunje, që dikur piu gjak". A mund të na e shtjelloni pak më shumë këtë?*

Balil Gjini: Për këtë duhet të pyetet ai që e ka shkruar, domethënë Camaj. Citimin mund ta sqaroj me një tjetër citim, që e thotë Ahmatova: "Poezi është lulja që mbin përmbi pleh". Kësisoj, poeti mund të parafytyrohet si ata brumbujt prej ari të egjiptianëve, që ata i respektonin si vetë perëndeshën e tyre Ra, brumbuj që i japin formë plehut dhe llurbës së jetës, e bëjnë atë të përkryer. Mund të vazhdoja edhe duke thënë se poezia nuk është medoemos rruga evolucioniste e krimbit për t'u bërë flutur.

Intervistuesi: *I kam lexuar romanet tuaja dhe mendoj se me pak modifikime mund të shkrihen në një vepër të vetme, sigurisht shumë më voluminoze. Kjo ka anën e mirë, se mbledh rreth tekstit lexuesit e pasionuar, po aq sa dëshmon* *për një arkitekturë stilistike individuale, interesante, por lexuesit ndoshta kanë nevojë edhe të surprizohen, të habiten, të befasohen. Si e shihni ju këtë aspekt?*

Balil Gjini: Kur shkruaj s'kam asnjë lidhje me atë fantazmën e llastuar, lexuesin. Përkundrazi. Dua të them edhe një herë se e rëndësishme nuk është fabula, por stili. Është një shkrimtar lituanez, që ka shkruar me dhjetëra herë të njëjtin libër, domethënë të njëjtën fabul. Po kështu, Raymond Queneau, një nga stilistët më të mirë të gjuhës frënge, te libri "Ushtrime stili", e ka shkruar nëntëdhjetë e nëntë herë të njëjtën rrëfenjë. Po të ishte puna për lexuesin, nuk do të kishim as Shekspir, as Bodler, as Flober.

Dy nga romanet e mi ngjajnë me njëri-tjetrin: "Melusina" dhe "Teqeja e shterpave". Kjo ndodh sepse fabula e njërit vazhdon tek tjetri. Romanet e tjerë, që i çmoj, si: "E katërta", "Engjëlli i nëmur", "Bishti i dhelprës", kanë fabula krejt të ndryshme. Nëse flisni për stilin, kjo do të ishte një lloj lëvdate.

Intervistuesi: *Shpesh keni dhënë vlerësime për letërsinë shqipe pa asnjë pengojcë në fjalët e zgjedhura. Jo gjithkush mund të ketë qenë i një mendjeje me ju, por a mendoni se duke "rrëzuar" mitet e, bie fjala, Lasgushit, Fishtës, Naimit, Kutelit, Migjenit, Podrimjes etj., po ia presim vetes degën në të cilën jemi ulur? Në fund të fundit, çfarë dobie ka kjo?*

Balil Gjini: S'ka si të pritet kjo degë, sepse nuk hipi mbi pemë që i kanë mbjellë të tjerët dhe japin fruta për ta. Mua më mjafton pema ime, qoftë kur nuk jep fruta, por është një lofatë bukuroshe, apo qoftë kur jep fruta të hidhura, si një bajame e egër mbirë mes shkëmbinjsh. Mbase dhe vetë mitikët janë mërzitur në atë realitet qiellor, përjetësor, pa grindje e vrunduj jetësorë.

Ajo ç'kam dashur të them, është se letërsia jonë ka qenë gjithmonë provinciale. Asnjëherë nuk kemi pasur shkrimtarë të rangut të *Emil Cioran, Mircea Eliade, Elias Canetti, Ivo Andrić, Danilo Kiš, Nikos Kazantzakis* etj., që të gjithë ballkanas. Shkrimtarët tanë kanë qenë të mbyllur brenda dëborave dhe akujve të maleve tona si mes qelqesh dhe këta akuj, si të ishin xhama konkavë, ua kanë rritur përmasat dhe, nga cironka të vogla, na duken si balena oqeanesh. Ndër ta nuk gjen ato tema universale që i gjen tek të sipërpërmendurit, përkundrazi, tema kryesore e tyre është Shqipëria. Duket sikur kemi një dashuri incestuale me mëmëdheun ose ngaqë ishte vërtet i bukur, ose ngaqë këta ishin fëmijë të dobët, që s'arrinin të rriteshin apo s'e hiqnin dot kokën nga prehri i nënës. Krijimtarie e tyre ishte sociologjike. Ishte një krijimtari provinciale. Përjashtim bëjnë De Rada dhe Mjeda, të cilët, si për paradoks, ndonëse ngjarjet i vendosin në katunde mjerane, gjithë këmborë dhensh e zile dhish, thelbi i veprës së tyre oshtin nga problemet universale: dashuria, urrejtja, xhelozia, pabesia, vdekja etj. Po kështu më vonë edhe Martin Camaj e Mitrush Kuteli.

Unë kam përmendur veç Poradecin dhe Fishtën, për të cilët mendoj se ka ende ekzagjerime e tepri në vlerësimet e kritikës zyrtare e shablloniste. I mbetem mendimit se 'Lahuta' e Fishtës është një vepër e vonuar, një epos i panevojshëm, ndërkohë që ne kemi Eposin tonë të kreshnikëve, një vepër brilante, e shkruar në kohën e duhur. Po kështu, shumë nga poezitë e Poradecit janë folklorike dhe të ndikuara thellë nga Eminesku. Besoj se këtu s'ka asnjë mëkat, madje dua të kujtoj se shumë e shumë vite më parë, Krist Maloki thoshte të njëjtën gjë për Lasgushin. Po kështu Konica, duke e krahasuar poezitë e Naimit me një poezi të Apollonierit - shkruar e fshirë me dhjetëra herë - i quan poezitë e Naimit poezi me 'tatata' e 'tototo'.

Shumë nga shkrimtarët tanë, për shkaqe jo letrare, u lanë në heshtje varri prej diktaturës. Në prag të ndryshimeve demokratike, Ismail Kadare - mbase vërtet nga një shtysë e brendshme apo nga një kompleks faji - shkroi disa libra me ese për ta. Esetë janë shkruar me patos dhe bukuri stili, por vlerësimi për ta është i tepruar. Në të dyja rastet, si dënimi, si apoteoza, janë bërë për shkaqe e rrethana politike. Unë kam dashur të them që gjithë krijimtaria jonë e traditës të gjykohet tashmë mbi kritere artistike dhe estetike. Kjo s'ka ndodhur. Ajo vazhdon të ofrohet nëpër shkolla dhe auditore si një gjellë perëndish, ama e ftohtë dhe e akullt. Kjo ndodh edhe sepse kritika jonë letrare, me ngathtësinë dhe rutinën e një kërmilli, vazhdon të kullotë vesën dhe polenin në çairet letrare të Kadaresë, pra nuk arrin të çlirohet nga hipnoza e tij. Një vlerësim objektiv, i çliruar nga nacional-letrarizmat, do t'u bënte mirë edhe vetë shkrimtarëve të traditës.

Intervistuesi: *A ju bren dyshimi se pas 20-30 vjetësh, këto që po thoni sot mund ta humbasin vlerën, ose të çmohen si fort të mençura? A dyshoni ndonjëherë edhe te letërsia që shkruani?*

Balil Gjini: Nga trarët e ndërgjegjes sime bie mbi dyshemenë e shpirtit vërtet një miell krejt i verdhë. Por molat që i brejnë ata nuk janë as kushërira të largëta me molat për të cilat flisni ju.

Intervistuesi: *Ju merreni edhe me përkthime e jo me autorë dosido. Po përmend vetëm Cioran - kalibër shumë i lartë. Sipas jush, a ka në mendimin filozofik shqiptar ndonjë lartësi të ngjashme?*

Balil Gjini: E përmenda edhe pak më lart: letërsia shqipe ka qenë provinciale. Ma ka ënda të bëj një ese krahasuese midis Emil Cioran dhe Faik Konicës, të cilët kanë pasur fate e jetë të përbashkëta. Që të dy kanë qenë stilistë të shkëlqyer, që të dy kanë qenë të djathtë, që të dy janë poshtëruar edhe përmes vdekjes. Por ndonëse kanë shumë gjëra të përbashkëta, janë krejt të ndryshëm te fryma e tyre. Cioran universal, Konica krejt kombëtar. Është një temë mjaft interesante, por kaq mund të them tani për tani, brenda kornizave të kësaj interviste.

Intervistuesi: *Poezia juaj rrezaton nga hijeshia e metaforave, simbolikave, gjuhës së rrallë që përdorni. Nisur nga kjo, bëra provë të përkthej njërën prej tyre në frëngjisht. U tërhoqa menjëherë! Çfarë i duhet një përkthyesi nga shqipja në gjuhë tjera?*

Balil Gjini: Ky është edhe një nga paradokset e përkthimit. Sa më e bukur të jetë poezia, aq më shumë ajo është e mbyllur brenda sistemit gjuhësor kombëtar, kësisoj aq më e vështirë, në mos i pamundur, bëhet përkthimi në gjuhë të tjera.

Kësisoj kemi përkthime të poezive mediokre ose të dobëta dhe jo të atyre më të mirave. Kështu ndodh edhe me gjuhët e tjera. Madje jo vetëm me poezinë, por, ndonjëherë, edhe me prozën. Rabële është i papërkthyeshëm në gjuhët e tjera. Nga ky qerthull i mbyllur është e pamundur të dilet.

Intervistuesi: *Mendoni se i ndihmon, apo i pengon shkrimtarët një ego e madhe? A mund të jetë lënduese ajo?*

Balil Gjini: Absolutisht egoja e shkrimtarit është e domosdoshme. S'mund të arrish gjëra të mira pa i përçmuar të tjerët, pa delirin e madhështisë. Ky përçmim dhe delir te shkrimtarët e mirë është i maskuar, tek të dobëtit shfaqet krejt damlla.

Intervistuesi: *Cila është thembra juaj e Akilit si shkrimtar?*

Balil Gjini: Unë jam Hektori dhe jo Akili.

Intervistuesi: *Cili është libri që gjithkush duhet ta lexojë patjetër?*

Balil Gjini: Bibla. Pastaj janë disa shkrimtarë: Shekspir, Rabële, Cervantes, Prust, Dostojevski, Llosa, Ruzhdie. Nga shkrimtarët shqiptarë do të përmendja De Radën, Mjedën , Camajn, Kutelin, Agron Tufën, Ilir Belliun.

Intervistuesi: *Ju falënderoj përzemërsisht për këtë bisedë të bukur!*

Botime

Përurimi, poezi, 1987
Tre gisht nder, proza, 1996
Magjepsja e zuskave, roman, 1999
Engjëlli i nëmur, novelë, 2001
Po, e zi, poezi, 2003
Mulliri që bluante trëndafilë, roman, 2004
Flatra të fluturta fjalësh, poezi, 2006
Melusina, roman, 2011
E Katërta, roman, 2013
Astar mëndafshi, poezi, 2015
Teqeja e shterpave, roman, 2017
Bishti i dhelprës, 2021

Në kopsht rrëzohet trishtimi i qiejve

Stina e dhimbjes

Mos e harro kurrë dhimbjen time
Si kitarë
Mos i harro
Cicërimat e zogjve
Vesën që lag barin.

Mos e harro këtë hardhi të moçme
Në trungun e saj
Fle shpirti i paqtë i gjyshërve të tu.

Mbi gjurmët e tua në pluhur
Ka rënë shi
Një trëndafil ka mbirë aty
Si dhimbje.

Jepja dorën një të pamunduri
Buzëqeshi dhe mundohu t'ia kuptosh dhimbjen
Se nesër ti mund të kesh nevojë
Për dorën e dikujt.

Mos e harro kurrë këtë mjegull
Këtë stinë dhimbjesh
Ku ne
Humbëm rrugën!

Trëndafilat e nënës

Qajnë trëndafilat plot pikëllim,
mbi kopsht, një re po sjell shi,
ah, dora e bukur e nënës sime,
që s' je më.

Në fijet e barit që dridhen në erë,
në shpirtin tim pa qetësi,
më kot endem të gjej dorën e nënës,
tek përkëdhel trëndafilat.

Në kopshtin ku rrëzohet trishtimi i qiejve,
ti nuk je më, nëna ime,
mezi marr frymë, jam gati të bie,
si një petal i brishtë trëndafili.

Tre vjet të pres me lot në shpirt,
në këtë stinë të thellë trishtimi,
më thuaj nënë, a vjen sërish,
t'ua rikthesh paqen trëndafilave?

Po ikim ngadalë-ngadalë, në një valle zanash,
shpirti do të na plasë prej mallit,
nuk do ta shohim më lindjen e diellit,
perëndimin gjithashtu
s'do e shohim më.

Ti ike,
duke i marrë me vete:
Diellin, Lindjen, Perëndimin.

Gjithçka u bë shkretëtirë
që kur ti ike
me lindjen dhe perëndimin
në shpinë,
në një torbë dhimbjeje!

Endacaku me qen

Në mesnatën që ngrin
Me sytë gjysmë të mbyllur
Mbështetur në një avlli të periferisë
Nis e dremit...

Dy hapa pranë tij
Qeni i moçëm
Dridhet
Endacaku ëndërron një shtëpi.

Me sytë gjysmë të mbyllur
Ndërton një vilë
Me dyer të bukura, dritare të mëdha.
E sheh e kundron
Merr qenin përdore
Dhe hyn.

Ndezin një zjarr
Dhe digjen
Të dy!

Një plak rom end thuprat

Me kokën që e tund si në një ritual të lashtë,
u flet thuprave të shelgut,
ndanë lumit me ujëra të kaltra,
në lagjen nomade,
plot çadra.
Thuprat e shelgut,
mes gishtërinjve,
marrin një formë mahnitëse.
Romi plak,
end dhe këndon nën zë,
fatin e tij shëtitës.

Ai
end e end pandërprerë,
në sy i bulëzojnë lot,
trishtimin dhe gazin e jetës
e bën shportë!

Dallëndyshet e Ukrainës

Tej ballkonit tim dallëndyshet
erdhën prapë.
Lozonjare, të thjeshta,
me pranverën mbi krahë.

Në Ukrainë
çerdhet e vjetra
ranë...

Këtë stinë me tym e krisma,
Dallëndyshet e Ukrainës
ndërtuan mbi pirgje rrënojash,
foletë e dhimbjes.

Mbi çatinë e trazuar të botës,
trajektorja e dallëndysheve shfaqet
duke pikturuar me penelin e puplave
Paqen.

Lundrimi i varkës së bardhë

I vetëm në atë breg magjik të Shëngjinit,
gjysmëshekulli më parë,
tek mendoja tej horizonteve,
krejt papritur u shndërrova në varkë.

Thirrjet e nënës në muzg,
nga droja se kam ikur larg
dhe britmat e erës shëngjinase
i hodha si rrjetë mbi varkë.
E ika pafajësisht,
për të mos u kthyer prapë.

Mes detesh lundron varka ime e bardhë,
me flamurin e ngritur të fëmijërisë;
era fryn përsëri si më parë,
nëna përsëri më lutet të vij.

Lundroj tashmë me barkën e moçme,
shënoj emra detesh e limanesh të rinj,
në njërin prej tyre do gjej thirrjet e nënës
dhe erën që fryn e fryn papushim.

Një varkë e bardhë,
që lundron pa kthim!

Mjegulla

Mbi fushën pa skaj
Ra mjegulla
Por ujqërit e vjetër
S'janë më...

Një mjegull e dendur
Pafundësisht gri...

Një mjegull
Që po lind
Ujq të rinj!

Kaktuset e Qeparoit

Në vende të tjera,
shirat njësoj e lagin botën.

Të njëjtat vetëtima,
prej miliona vjetësh,
zbresin dhe shuhen me zhurmë
në maja malesh,
në skaje fushash.
Në Qeparo,
të vetmet që nuk flasin për shiun,
janë
kaktuset!

Natë e nxehtë në Sinai

Mbi shkretëtirën e Sinait
Ngrihet magjishëm
Bashkë me të nxehtin
Një këngë e vjetër beduinësh
Dhe një hënë e ngrënë.

Të kisha mundësi
Ta derdhja Drinin tim
Mbi etjen e përjetshme
Të kësaj kënge
Dhe hënës!

heshtja e qytetit

në gjumë të vdekjes kanë rënë poetët
e ka hedhur tutje bardhësinë hëna
si virgjëri
ti dremit e qetë në dhomën e vogël të apartamentit tënd
dhe humbjet zgjasin gërhimat deri në ëndërrime
një valë e mekur
një tjetër mbyll lotët në breg
dhe s'gjen një velë barkash të shndërrohet pështjellak
në gjumë të vdekjes kanë rënë poetët
dhe më ngjan se dheu dridhet
nga buzëqeshja e një vargu me rimë
poetët
që jo nga të gjithë mbeten jetimë

beteje

natën përgjakëm heshtash mishtore
dhembjen
më së shumti na e zbardhëlluan zemrat

e nëntortë, decrescendo
vargjet i shkarravit tani vjeshta mbi shpirt
të ngjyrosur trishtim
erëmirë vetmie
aspak si një dashuri platonike
bën vjeshtë në bregdet
mbi supe valësh
barkat bëhen prej gjethesh të shkuara moshe
shpirti i poetit i gëzohet një loti të ri

pa titull

qëndrojmë në heshtje të vrasim vetminë
me vetmi
në agoni ndjenjat
s'dashurohet më as në qytet
ngatërrohen jetët vdekjet
qëndrojmë në heshtje të vrasim vetminë
duke heshtur fikin shpirtrat e tyre yjet
si nikotinë jo e harruar - peng mbetur -
në portë shuhet një grusht ëndërrimesh
bien të flenë zogjtë
mbuluar me një cipë nate

* * *

i çmendur i vargjeve unë që fshihem
pas hijes së natës
me lotin e agut shkarravis mbi
letrën

tokë e madhe -bardhësi femre-
shpërfytyrohen udhët

udhët
qyteti vuan pagjumësi ndjenjash

variacion mbi vdekjen
peshën e vargjeve

-fëmijë të shthurur-
mban fletë e bllokut tim

ardhur prej diku larg
me vdekjen fle dhe puthem
të dy për njëri-tjetrin

aq kemi mall
kur vdekja vjen dhe unë zhdukem
të nesërmen nisem ta kërkoj
me të si me ty
të puthem

në të katër stinët e vitit
unë zgjodha të frymoj në stinën e pestë
fle dhe zgjohem tek buzëqeshja e trishtit

* * *

u përpjesëtua koha e reve në shtratin me
palcë qielli
nga sytë e vdekatarëve u ngjajnë
amfora

(në qofshin engjëjt paleontologë)
dashuria nuk di në përpjesëtohet
qoftë edhe si kaktus në hapësirat e shkretëtirës
më ngjan se xhelozon qielli nga
emigrimi i reve në harresë
e unë paçka se të tres në
ëndrrën e paragjumit
eci dhe jetoj në qiellin e lirisë sime

Dy histori, një dhimbje

Grupi i vogël i shkrimtarëve francezë, që sapo kishte vizituar psikiatrikun e Elbasanit, atë që dikur e quanim "Te 17-ta", po i afrohej mikrobusit luksoz. Në atë spital ish mbyllur jeta e një përkthyesi të shquar, i cili nuk kishte pranuar të përkthente në frëngjisht librat e diktatorit. Të vetmet shqiptare aty ishim unë dhe Alina. Prej vitesh jetoja në Francë e me një grup miqsh të universitetit ku punoja, kishim organizuar atë vizitë, ndërsa Alinën ma kishin rekomanduar të njohurit e Tiranës si përkthyese. Dija shumë pak për të dhe deri atëherë nuk kishim pasur rast të flisnim asgjë tjetër veç punës, ndaj, kur më doli në krah e nisi të ecte në një hap me mua, i thashë:

- Më thanë se ke punuar në T., qytetin tim të lindjes.

- Po, kam qenë mësuese e frëngjishtes në gjimnaz, - ma ktheu e entuziazmuar.

Pastaj më pyeti për mbiemrin e vajzërisë dhe emrat e prindërve. Ia thashë atë të nënës, duke menduar se nuk do mund ta kujtonte pas kaq vitesh.

- I kam njohur të dy. Më kujtohet edhe kur linde ti... - më befasoi, por nuk vazhdoi më tej. U duk se u pendua shpejt për çka tha.

Prindërit e mi u ndanë disa muaj pasi linda e me siguri kjo iu kujtua aty për aty. Unë u rrita me nënën. Babai u rimartua e nuk më takoi kurrë.

- Nuk ka gjë, - nxitova ta liroja disi nga barra. Më kanë treguar që im atë ishte plot vese: i alkoolizuar, bixhozçi, shkonte me gra të tjera e sa herë zihej me to, ia shfrynte dufin nënës.

Në ato pak hapa, biseda rrodhi vetvetiu nga jeta e qytetit tim te letërsia. Ajo sapo kishte botuar librin e katërmbëdhjetë, një volum me tregime, ndërsa unë me drojë i tregova se kisha ngecur në përgatitjen e të parit.

- E re je akoma, ke shumë kohë përpara! - më dha zemër dhe hipi në mikrobus.

Ndërkohë që të huajt u rehatuan nëpër sedilje, zumë edhe ne vend. Këtë herë pranë e pranë. Dyert u mbyllën e kur mendova se biseda jonë do të shtyhej më tej, Alina hapi çantën e nxori një zarf.

- Ma dërgoi një mike. Lexoje.

Nuk e kuptova pse ma dha; ç'hyja unë në atë mes? E hapa dhe i hodha një sy. Ishte një *e-mail* i gjatë, i printuar në letër. Që në rreshtat e parë e kuptova psenë. U rehatova në ndenjëset e buta; deri në Tiranë do më mjaftonte koha ta përpija.

***

"E dashur Alina,

Kjo është letra e tretë që po të shkruaj. Dy të parat t'i kam dërguar në formën e dikurshme, tradicionale, nëpërmjet postës. Kohë të tjera atëherë. Besoj të kujtohet që me letrën e parë të lajmëroja se u fejova me Marashin, me të dytën të kumtova ndarjen. Në të dyja herët, përgjigjet e tua përmbanin një pyetje: "Pse?". Sot, pas tridhjetë e dy vjetësh, po ta shkruaj psenë e po ta tregoj ashtu siç ia rrëfej vetes netëve pa gjumë. Ndoshta do të shkruash diçka për këtë histori... nuk e di, gjithsesi nuk do kursej asnjë detaj të përjetimeve të mia.

Nuk është e thënë që bashkëshorti të ketë me patjetër vese dramatike për të ta nxirë jetën. Mund të mos jetë pijanec, të mos vjedhë, të mos ketë dashnore, të mos luajë bixhoz e megjithatë mund të ta nxijë jetën çdo ditë, çdo çast. E jeta ime për shtatëmbëdhjetë vjet kaloi si një dramë me një akt të vetëm: përshtatjen. Me kalimin e kohës, kur ndodhitë i pashë me tjetër sy nga largësia e viteve, kuptova se personi për t'u mëshiruar nuk isha unë.

Por po e nis nga fillimi, që në kohën kur ne të dyja jetonim në atë dhomë të vogël të qytetit, ku bujta për shumë vite.

Ti e di që Marashin e njoha atë ditë që erdhi në spital; ishte mbushur i tëri me urtikarie. Hera e parë që i shfaqeshin. I bëra një ultrakorten pa e kuptuar shkakun e asaj urtikarieje aq të përhapur. Kjo gjendje iu përsërit në vazhdim, çdo vit, gjithmonë në të hyrë të nëntorit. Ishte një reaksion alergjik nga e ftohta, mjaft i rrallë. Shkak që t'i shpërthente, me siguri, u bë stresi i atij viti. Sapo ish emëruar nëndrejtor në gjimnazin ku punonit bashkë. Përgjegjësia që mori, e vuri me shpatulla pas murit Marashin njëzetekatërvjeçar, të sapodiplomuar e pa eksperiencë.

Mësimi kish filluar që prej dy muajsh, por deri atëherë nuk ishim hasur, edhe pse shkolla e spitali ishin afër dhe vetë qyteti një pëllëmbë vend. Ti ma pate përmendur një mbrëmje, teksa përgatiteshim për gjumë e po mbyllnim bisedat tona të përditshme mbi punën e jetën. Më the se ishte njeri korrekt, por tepër nursëz: "Nuk e kam parë asnjëherë të qeshë...!". Ja kështu e përshkrove, pa e ditur se pikërisht eprori yt do të bëhej më vonë edhe "eprori" i jetës sime.

Atë ditë në spital m'u duk i druajtur e fjalëpaktë. Ishte djalë i pashëm. Më pëlqeu. "Kujdes nga ata që flasin pak", më shpotite ti, kur të tregova për vizitën. Më vonë, shumë vonë, e kuptova që ai fliste pak se nuk kishte shumë për të thënë. Dhe nuk ishte i ndrojtur: kishte aftësi të frikshme vetëkontrolli.

Pak përpara se ta kuptoja se ai djalë më kish hyrë vërtet në zemër, erdhi transferimi yt. Pas tre vjetësh në atë qytet malor, ti do të ktheheshe në shtëpi. U gëzova për ty, por u mërzita për veten. Më munguan gjatë bisedat dhe të qeshurat tona në atë dhomë të vogël. Kur Marashi hyri në jetën time, ndjeva dëshirën të flisja me ty. Kujt tjetër mund t'i hapesha pa drojë e ti kërkoja një mendim për njeriun që po dashuroja? Aq më tepër që punonit bashkë.

Kështu, disa muaj pas largimit tënd, ne u fejuam. Kjo ishte edhe koha kur të nisa letrën e parë e pyetja jote "Pse?" më çuditi pak, por isha në tjetër qiell asokohe e nuk e vrava mendjen.

Pa u bërë viti u martuam. Po atë vit, Marashi u emërua drejtor. Nuk fliste asnjëherë për punën, por nuk qe e vështirë t'ia nuhasja ankthin. I gjendur me një përgjegjësi që ndoshta nuk e priste, donte të tregonte se qe pikërisht njeriu i përshtatshëm për atë vend pune. Jetonte me frikën se diku mund të gabonte e nuk do e duronte dot që ndokush ta kritikonte; deri edhe muskujt i dhembnin nga tensioni nervor.

"Nuk është e thënë që punën ta përballosh me ankth. Mos kërko të pamundurën nga vetja për t'u pëlqyer të tjerëve...", i thashë njëherë. Në vend që të arsyetonte, u nxeh. Iu duk papjekuri që e mendoja në atë mënyrë. Jo vetëm ai, por edhe unë, gruaja e tij, duhej të ishim persona perfektë, tek të cilët askush nuk mund të gjente as yçklën më të vogël. E unë sigurisht që nuk isha perfekte.

Një herë, aty nga vitet e para të martesës, e pyeta se çfarë kishte pëlqyer tek unë. Më tha se i kisha bërë përshtypje që herën e parë që më kish parë në autobusin që lidhte qendrën e qytetit me qytezën e vogël pranë. E mbaj mend atë ditë. Po kthehesha nga një vizitë që kisha bërë në qytezë, fare pak ditë pasi kisha nisur punë. Autobusi ishte dingas. Të gjithë njiheshin me njëri-tjetrin dhe bënin shaka, duke hedhur e pritur batuta. Për mua jugoren ishte e vështirë t'i kuptoja. Prej rrugës së pashtruar, udhëtimi zgjati gati një orë, megjithëse distanca ishte vetëm shtatëmbëdhjetë kilometra. Atij i kish pëlqyer që nuk kisha folur me njeri e sidomos që nuk kisha qeshur asnjëherë. Serioziteti im gjatë gjithë udhëtimit i kish lënë mbresa. Qesha me gjithë shpirt kur ma tha.

"Oh, më kujtohet ajo ditë", ia ktheva, "sapo isha transferuar në qytetin tënd dhe isha e mërzitur. Zakonisht e kam vështirë të rri serioze".

Në atë kohë nuk e dija se fjalës "serioze", ne i jepnim kuptime të ndryshme. "Serioze" për Marashin ishte çështje epiderme, jo shpirti: lëkurë e lëmuar, asnjë buzëqeshje nëse je e lumtur, asnjë lot nëse je e trishtuar.

Më kujtohet një mbrëmje: në televizor po transmetohej një valle ritmike e vajza, gjashtë vjeçe atë kohë, u ngrit të kërcente dhe unë pas saj për ta shoqëruar. Nuk kishim filluar mirë të kërcenim kur Marashi na e preu hovin:

- Mos u lazdroni nëpër shtëpi!

Unë mbeta si hu, ndërsa vajza i tha:

- E ku të lazdrohemi, në rrugë?

Vetëkontroll në kufijtë e jonjerëzores. Të dukesh ndryshe nga ç'je, nga ç'ndjen, edhe pse të duhet të shtiresh. Unë nuk shtiresha dot, nuk më shkonte as ndër mend, por kjo hare e shpirtit tim atij i dukej një e keqe e madhe, që duhej shtypur, transformuar, për të krijuar një qenie tjetër në përmasat e imagjinatës së tij.

Para se të shkonim në ndonjë dasmë o festë, bënte sherr rregullisht. E bënte me qëllim, që të mërzitesha, pra nuk do qeshja, nuk do flisja, nuk do kërceja, do rija nursëze. Do dukesha grua serioze. Thuamë ti, e dashur Alinë, si mund të mos gëzosh në një dasmë? E pra... një e qeshur me gjithë zemër, një kërcim, qoftë edhe në grup, për të ishte provokim dhe një shkak i mirë sherri.

Jo aty për aty. Tinëzisht.

Fillonte të më mbante inat, të mos më fliste, të mos përgjigjej, të mos më hidhte as sytë me ditë e javë. Dhe kur nervat e mia nuk mbanin më, kur kisha harruar ç'kisha bërë apo thënë, kur nuk më kujtohej më as konteksti e as rrethanat, fillonte me fjalinë: "Pa më thuaj, pse atë ditë...?".

"Nuk kam bërë gjë, nuk kam arsye të kërkoj falje për gabime të pabëra" – kjo nuk ishte një mënyrë e mirë për ta mbyllur sherrin.

"Dakord, kam gabuar, më fal!" - kjo ishte akoma më keq.

Pas sherreve të tilla, Marashi nuk më fliste për muaj të tërë. Kthehej për drekë, hante e flinte. Pastaj dilte përsëri, kthehej, hante e flinte. Në atë kohë mbaja hapur te faqja shtatëmbëdhjetë, librin me poezi të Jacques Prévert.

Mëngjesi

Ai hodhi kafen
në filxhan
Shtoi qumësht
në filxhanin e kafesë
e ëmbëlsoi me sheqer

kafenë me qumësht.
Me lugën e vogël
i përzjeu.
Piu kafenë me qumësht.
Mbështeti mbi tryezë filxhanin
pa folur, pa më parë.
Ndezi një cigare
e bëri rrathë
me tymin e saj.
Shkundi hirin
në tavllë
pa më folur
pa më parë.
Ai u ngrit
vuri kapelën në kokë
veshi pardesynë e shiut
sepse binte shi
dhe u largua
nën shi
pa më folur
pa më parë.
Unë mora kokën në duart e mia
dhe qava.

Ata muaj të gjatë, "pa më folur, pa më parë", ishin si të kaloja përmes purgatorit. Mes presionit psikologjik (nuk e dija në e kishte nxjerrë gjithë dufin) dhe stërlodhjes fizike (jetoja në gjendje të nderë nervash, si një tel i tendosur) bëja me faj veten se ndoshta kisha bërtitur tepër, e kisha tepruar me nervat, që i isha përgjigjur keq, që kisha përplasur pjatat teksa i laja...

***

E dashur Alinë,

Një tjetër nga gabimet e mia të pafalshme ishte se bëja gjithçka doja pa e pyetur, pa e pritur, pa i kërkuar ndihmë!

Duheshin dru - i çaja; duhej ujë - e mbushja; duheshin

ushqime – ngrihesha me natë të mbaja radhën, ndërkohë që çoja e merrja fëmijët nëpër çerdhe e kopshte, kujdesesha për gjithçka kish nevojë shtëpia, punoja e shumë shpesh më duhej të ecja me orë të tëra në këmbë për të shkuar nëpër vizita fshatrave. Por këto lehtësira, paradoksalisht, e bënin të ndjehej i padobishëm, i panevojshëm, i papërfillur. Ishte sikur t'i thosha: nuk kam nevojë për ty. Do kishte dashur të më gjente të plevitosur, të uritur, mua e fëmijët, në një cep të kuzhinës, duke e pritur dëshpërimisht që të vinte ai të ndizte zjarrin.

Nuk e kuptoi kurrë se mua nuk më rëndej t'ia bëja jetën komode, me aq sa mundesha, sepse e doja.

Mendoj se në ato vite unë mbijetova ngaqë, në një farë mënyre, e kisha përjashtuar Marashin e vërtetë nga jeta ime. Jetoja me Marashin që kisha në zemër, me imazhin që kisha krijuar për të.

Kisha krijuar botën time me ëndrra e nuk doja të zgjohesha. Do kishte qenë shumë e dhimbshme të dilja nga ëndrrat e të njihja Marashin e vërtetë.

Që të mos zgjohesha, lexoja pareshtur. Ndonjëherë provoja edhe të shkruaja; t'i hidhja në letër ndjesitë e mia ishte njëfarë zgjimi, ndaj e lashë fare atë punë.

Me kohë, stërlodhja fizike e mendore m'i mbyllën sytë fare, më zbrazën.

Pikojnë lotët nën qepallë
Zemra zbrazet
Dalëngadalë...

Pra, nuk shkruajta më. Lexoja, por nuk entuziazmohesha si më parë; frazat e bukura, përshkrimet, poezitë më kalonin para syve pa më lënë mbresa. Dëgjoja muzikë, nuk ma mbushte shpirtin si më parë. "Vite prozaike" i quajta më vonë, kur binte fjala për to.

Para dritares së shtëpisë, në cep të rrugës, ishte një cung i zgavruar nga rrufeja. Ja, si ai trung më dukej vetja. Bosh. Zgavër mu në lukth të shpirtit.

Nuk besoj se e vuri re ndonjëherë; sidoqoftë nuk ishte ky ndryshimi që ai kërkonte. Ai më deshi të ndryshuar në mënyrën e tij, deshi një grua prej porcelani: të ftohtë, pa ndjesi, pa mimikë, të thyeshme. Dhe e gjeti zgjidhjen.

Filloi të më vinte dorë. Nuk ishte një shpullë në një çast inati. Më rrihte me gjithë forcën e tij prej burri. Harronte që poshtë vetes kish mbërthyer një njeri, një grua, gruan e tij, nënën e fëmijëve. Më godiste sikur çante dru. Kjo me siguri e bënte të ndjehej i fortë e burrnor, pa i shkuar ndërmend se gjuante dobësinë, pasigurinë e tij.

Grisma lëkurën si kartë,
çirrma shpirtin si letër.
Thonjtë ngjiti në mish,
gjakosmë mu në shpirt.
Nuk është lëkura që vuan,
po shpirti që qan.

Është për t'u çuditur se si zoti, natyra, unë vetë, rrethanat, quaji si të duash, ose të gjitha së bashku, më bënë t'i nënshtrohesha psikologjisë së momentit. Ai realitet ishte imi, ishte ashtu, nuk mund të ishte ndryshe. Kështu, edhe pas hurit që haja rregullisht, i jepja të drejtë. Faji ishte gjithmonë i imi! Do të duhej të ishte imi me domosdo. Nëse ai ishte nervoz, i zemëruar, nëse më rrihte, ndodhte sepse unë e bëja të humbiste durimin. Nëse qaja, ishte faji im, që isha tepër e ndjeshme. O ndoshta isha e çmendur!

Dhe e falja.

***

Zakonisht në fundjavë shkonim te shtëpia e vjehrrit, por atë të diel ishte e pamundur. Bora kishte arritur mbi një metër lartësi e vazhdonte të binte me flokë të rëndë e të shpeshtë. Pas drekës, Marashi u shtri në divan. Unë vura fëmijët në gjumë dhe u ula në kolltuk të lexoja. Pa mbaruar ende faqen e parë, pata ndjesinë se po përgjohesha. Ktheva kokën nga divani. Marashi m'i kishte ngulur sytë me një vështrim të keq, zhbirues.

- Pa më thuaj, ç'ke mësuar sot nga të lexuarit? – më pyeti hidhur.

U rrëqetha. Për vite të tëra, jeta jonë kalonte mes sherreve dhe muajve të tërë pa folur.

Sëmuren fjalët edhe vdesin
e nuk shprehin më asgjë...

...Nuk dinim më përse të flisnim: Ishte e rrezikshme të fjaloseshim, sepse kjo do të thoshte fillim sherri. Ishim dy entitete, që kishim humbur lidhjen ose ndoshta nuk e kishim pasur kurrë. Pyetja e asaj dite nuk ishte shenjë paqeje. Ai donte të tregonte se kishte fuqi mbi mua edhe në momentet që ishin të miat, se ai mund të ma shkatërronte qetësinë, mendjen... mua! Kur të donte! Vështrimi i tij ishte ogurzi. Pata ndjesinë e fortë se atë çast po i hanin duart për të më dhënë një dru të mirë, ku të dhëmb e ku të djeg! Njëherë e përgjithmonë!

Atë të diel dimri me dëborë e kuptova për herë të parë se ai jo vetëm nuk më donte, por edhe se nuk i pëlqeja fare. Nuk i pëlqeja e qeshur, e hareshme, e gëzuar. Nuk i pëlqeja e mbyllur, e heshtur. Nuk i pëlqeja çfarëdo që të bëja. Ai ndjehej i zhgënjyer, i mashtruar: i kisha pëlqyer vetëm atë pjesë udhëtimi prej shtatëmbëdhjetë kilometrash, e dëshpëruar dhe e pasigurt.

Kishte ndodhur e pamenduara: unë nuk isha e pasigurt, as e dëshpëruar. Ai nuk kishte qenë në gjendje të më plazmonte në gruan e parafytyrimit të tij: një kukull porcelani, pa emër; "a n'jeve...".

Ndërsa unë isha gabuar në ndjenjat e tij për mua.

Gabuam të dy. Ishim dashuruar me imazhin që kishim ndërtuar në mendjet tona për njëri-tjetrin. Ai përgjatë shtatëmbëdhjetë kilometrave e unë përgjatë shtatëmbëdhjetë vjetëve. Unë isha përshtatur për hir të dashurisë, me vetëdije. Paradoksalisht e kisha fyer.

I mjeri!

M'u dhimbs!

***

Mikrobusi po hynte në unazën e Tiranës. E tronditur nga gjithë ç'kisha lexuar, palosa letrat që t'ia ktheja Alinës, kur pashë se në faqen e pasme ishte shkruar një poezi:

"Kur derën pas e mbylle,
mbylla sytë dhe unë
e mbajta frymën.
Gjatë.

Lavjerrësi në mur
u ndal një çast,
pastaj,
rrahu orët lirisht.
Mora frymë,
sërish"

- Shkruaje këtë histori, Alinë, - iu luta, - edhe nënës sime do t'i pëlqente!

- Prindërit e tu ishin të pafat, si shumë tjerë në këtë botë! - tha ajo, duke futur në çantë letrën e gjatë të shoqes.

- I pafat ish im atë, që nuk më pa të rritesha!

Alina buzëqeshi dhe më përqafoi ngrohtë, si për të harruar trishtimin e dy historive sa të ndryshme, aq edhe të ngjashme, por me të njëjtin fat, të qytetit tim të vogël e të ftohtë.

ILIR PAJA

Jam pema që kapem pas gjetheve,
që qëndisin erën kur gruaja lë shtratin...

Rrugës për në vjeshtë

Takimi me gjethet do të jetë i fundit,
pasi të jem sërish fëmijë,
unë çadra,
mbështetur pas derës,
të jem prindërit e mi që s'janë më,
re,
që vijnë nga lartësia e vdekjes,
të jem dashuria e parë;
puthja mbeti vala që nuk mbërriti
në breg kurrë,
të jem hija vjeshtës,
ku dita i ngjan një lagjeje me shtëpi
të vjetra
dhe hëna mbi tjegulla bie natë e pagjumë.
Rrugës për në vjeshtë shfaqet një pyll mjegulle,
si qiell i trembur,
pa drurë,
me rrënjët kthyer përmbys,
me diellin zënë në pezhishkën e hijeve.
Takimi me gjethet mbërriti.
Kjo ringjallje me rrugë ere,
mbetur pa kthim.

Liqeni gjetheve

Pluskojnë gjethet mes valëve
të erës.
Thellësia e tij, ky diell i pasdites,
ku dheu është muzg.
Bregu i tij i pafundmë kjo natë,
ku vjeshta s'prek tokë
të tillë kurrë.
Në liqenin e gjetheve ulen
shpendët e degëve, që çukisin
rrënjët e pemëve në fluturim... gjithkund.
Në breg era përplaset dallgë
dhe ndeshen mallshëm, tani mbetur hije,
nga njerëzit dikur.

Rrëmbime ere

Rrëmben det
Dallgët tërheq si mëngë të grisura
Të njeriut që fle lutje
Përkul pemën deri në dhembje stine
Vjeshta ndjen shije gjaku, jo rrëshirë
Në trungje
I heq ditën njeriut të drejtë
Nata, ky qiell zhveshur e fshikullon
Duke i vënë në ëndrra teh hëne skuqur
Tremb renë e avullt të plisit pas plugut
Era nuk mbin farë bujku
Rrëmben shpirt
Dhe rrëzohet gjethe në fund

Frikë

Njeriu nuk besoi se hëna do mbetej aty
e mbështeti fort në sqetull sa qiellin bëri
të mos marrë frymë
iu drejtua pyllit njeriu në frikë
hëna asnjëherë s'kishte zbritur qiell-dheu
era në pyll, kjo hije frike
si tehu i befasisë së kalorësit
e plagosi hënën aty ku nis qielli
kur mori të fshinte shpatën
era e frikës ndjeu se po ngrihej
verbëri mëngjesi...

Në ditë të tilla...

Në ditë vjeshte hijen e fsheh në hije,
jam kujtesë dielli e ditës,
ndjej erën pas shpine dhe buzëqesh
gjethe peme.
Në ditë të tilla jam vetmi.
Hija brenda meje.
E shkuara zbret aty frut i pjekur
nga malli,
nga pas kur shoh frutin e pjekur
të qiellit – muzgun,
shoh natën brenda meje që loton gjethe.

Idetë

E mbështolla me dallgë,
u plandos në breg largësi e vrarë,
e ngjita re.
Nuk zbriste më hije nga nata,
ia futa në xhep dikujt,

ia dhuroi shami hundësh një
njeriu me rrufë.
E shkruajta,
heshti gur,
i vura krahë,
kërkoi vdekjen nëpër erë,
e vesha erë,
mbathi gjethnitë e vjeshtës,
në pemë më shumë zhveshur
se vrarë,
ia fsheha hijes,
shihja ringjalljen që mbahej pas vdekjes,
çalë-çalë,
i dhashë zë,
nisi të flasë,
njeriu tjetër,
ide e mbështjellë.

Natë

Si pallto e trashë iu mbështoll nata ditës.
Dita la jashtë qafën e hënës
Dhe këpucët e dallgëve.
Kur u mbërthye në kopsën e fundit
Nga trupi i natës dolën yjet.
Të gjitha ringjalljet.
Tani nata pritet në pallto të vogla.
Të veshë të gjitha vdekjet dhe varfëritë
E zhveshura.
Mbi tokë flatrojnë xixëllonjat.
Nga jashtë tyre njerëzit dalin vetëm
qiellveshur.

Kohë deti

Deti shkrimon përmes valëve
mbi bregun, këtë letër të trashë
mesjetare.
Në rërë tundimi lumturohet
nga inkuizicioni i diellit.
Dita e mban plot dëshirë
qiellin mbi barkun e gruas.
Deti shkrimon me dallgë
mbi letër ere, ku thellësitë
e lirisë
lënë thjesht gjurmë këmbësh
freskie,
në bregun e gjyqeve mesjetare...
kohë shkrimesh deti.

Mbërrin era

E shpejtë plot gulshe frymarrjeje si njeriu,
që punon në arë.
Kohë s'ka të çlodhet këmbëkryq me trastën
heshtur si mullar.
E shpejtë, lajm vdekjeje për një njeri.
Shtanget në përcjellje.
Pas lutjeve qielli mbetet po aty.
Vrapon si njeriu, që pas e ndjek mëkati.
Ndalon.
Kthen kokën dhe pret ferrin pas tij.
Askush s'e ndjek.
Nën të, hija e ndërgjegjes tashmë e mplakur.
Kur mbërrin era.
Jam pema që kapem pas gjetheve,
që qëndisin erën kur gruaja lë shtratin...

Qëndisma e natës

Natën nuk e qëndis me kopsa ari
një grua e zhveshur,
ku burri kërkon të lumturojë
muzgun e trupit të tij,
këtë pemë me shpinë horizonti,
as ëndrra e fëmijës, pasi çdo përrallë,
fle kukull pranë saj,
nuk e qëndis as batica e hënës,
natën e qëndis shëmbëllimi saj
në det,
ku qielli nuk është asgjë më shumë
se reshtim dallgësh,
për të vdekur dhe ringjallur
njerëzisht në breg.

Keshtjella

Kishim dy ditë që prisnim të hapej kështjella. Poshtë saj, në një lëndinë me luleshqerra, kishte shumë nxënës shkolle, turistë të huaj, kurse ndanë shkëmbit, ku ngjitej lakadredhas një rrugëzë e ngushtë me shkallë prej guri, qëndronin dy roje të armatosura. Te klubi kishte verë të mirë Narte. I kishim shkulluar nja dy shishe me një meze të varfër; djathë dhe vezë të ziera. Ishte klub fshati dhe pronari një xhuxh, që shërbente duke rrëshqitur me kushineta. Keni dëgjuar? Ishte qose. Gjithmonë fërshëllente të njëjtën këngë: “A kanë ujë ato burime”. Dhe të mendoje që ishim në vitin 2004. Kishim çuar njerëz për të pyetur, po përgjigja ishte gjithmonë po ajo: “E ka mbyllur pronari, se po bën riparime në kullën e barit”, që shërben për parallinjtë, ngaqë prej andej shihet qyteti si në pëllëmbë të dorës. Poshtë saj është bar-restoranti dhe lulishtja e dasmave. Ishte një kompleks i madh atje mbi kështjellë, që bënte majë me një përçudnim absurd. Sa herë kaloja andej, për ndonjë shërbim në jug, më vinte të mbyllja sytë. Kishim ardhur pak në qejf dhe kushedi ç'kishim broçkullitur duke përmendur dhe Amerikën që na financonte për një cikël dokumentarësh.

Natën, sapo kisha vënë kokën në jastëk, dëgjoj sinjalin e mesazheve: “Ju pres te Koka e Ariut. Ju lutem, mos më refuzoni. Sali Allmeta, kryetari i komunës Zh. Në ç'orë dëshironi? Mos është më e përshtatshme ora tre pasdite për ju, zotërinj?”.

Ishte një burrë me moshë të re, tek të tridhjetat, i gjatë, muskuloz, me sy blu tejet joshës, si të huajtura nga fytyra e ndonjë bukuroshe, flokët i kishte biond të dendur me onde, që i binin mbi ballë. Nuk buzëqeshte, po dorën na e zgjati me një lloj distance sikur t'i kishim shkuar në zyrë për ndonjë hall. U ul, ngriti pëllëmbën dhe lëvizi gishtërinjtë në ajër;

dikush doli me vrap nga lokali, pas tij u dëgjua gërvima e një karroce dore, mbushur me shpend të vrarë. Ia sollën mu te hunda. Dora e tij e madhe i kthehu mbarë e prapë; thëllëza, shapka, shkurta, rosa të egra, mëllenja, gjela të egër, madje dhe një lepur të madh, gati shtatë kilësh.

"Ç'dëshironi, zotërinj?", na u drejtua. Ne ngritëm supet.

"Ju keni ardhur për të xhiruar në kështjellë, po ku qëlloi që pronari të bëjë ca riparime, se tani fillon sezoni i dasmave. E, për mirë, kthehen nga mërgimi dhe duan t'i bëjnë dasmat atje. Ç'bëhet! Vetëm të qëlloni ndonjë ditë! Natyrë; mullarë bari, karro drithi, pishtarë që rrinë ndezur gjithë natën, tryeza si qëmoti, stola të gjatë... pula, këndezë, lepuj gjithandej, dy gomarë, se i donin turistët holandezë, një basen për rosat... një rikthim në traditë, me një fjalë...".

I kishim kthyer nja dy gota duke skërmitur djathë kaçkavall të pjekur në skarë dhe sallatë deti. Ai e pinte verën drejt e nga shishja, po meze nuk prekte. I ktheu dy shishe sikur të pinte ujë. Erdhën pjatancat e mëdha plot me shpendë gjithfarësh, rosto, brinjë qengji, turlilloj sallate, pije të ndryshme, gjer dhe një këlysh ariu, me një unazë floriri në hundë, që na vërtitej nëpër këmbë.

"Po xhironi ndonjë dokumentar për zonën? Në mund ta di, për çfarë pikërisht?".

"Erdhëm për kështjellën, po e gjetëm mbyllur".

"Ç'ju interesonte nga kështjella?".

"Kështjella. Po asaj s'i ka mbetur as nam as nishan".

"Ç'thoni, zotërinj?".

"Është shndërruar në lokal, siç është shndërruar i tërë qyteti".

"Mos e teproni".

"Jo, nuk e teprojmë aspak. Kush është pronari?".

"Unë".

"Po ju a jeni kryetari i komunës?".

"Po. E ç'do të thotë kjo? U bë privatizimi, e mora për vete, se kam hem gurin, hem arrën. Kështu siç e kam bërë unë, askush nuk mund ta bënte dot".

"E keni shkatërruar".

“Çfarë?”.

“Na thanë se edhe afresket i keni lyer, edhe objektet që ka patur brenda janë zhdukur. Madje dhe shumë gurë janë shkulur për ndërtime. Më duket se ka patur dhe një kishë të lashtë, që s'është më”.

“Ju kanë keqinformuar. Deri tani kam harxhuar dyzet milionë lekë të reja për riparime të ndryshme”.

“Me paret e komunës?”.

“Kështu ju kanë shpifur? Po pse nuk është dhe e komunës kjo kështjellë? Unë për ju e hap. Kur të doni ejani të xhironi, keni për të mbetur pa mend”.

“Jo, s'është nevoja. E xhiruam të mbyllur. Me dy roje të armatosura, që e ruanin nga keqbërësit. Dhe theksuam se është pronë private”.

“Sot të gjitha janë pronë private, zotërinj. Përndryshe kjo kështjellë do të ishte shkatërruar. Unë e mbroj atë si sytë e ballit”.

“E dini që është monument kulture i kategorisë së parë?”.

“Ç'doni të thoni me këtë?”.

“Dhe ju e keni kthyer në bar-restorant”.

“Vijnë nga të katër anët, bëjnë dasma, flenë në bujtinë, bëjnë dashuri, xhirojnë filma. Edhe ju si të monumenteve të kulturës, po atë avaz. Tjetër kohë sot, zotërinj! Më parë atje kullosnin fshatarët lopët, të silleshin pulat nëpër këmbë, bari një pëllëmbë...”.

Na shoqëroi në kështjellë, xhiruam ndonjë gjysmë ore, pastaj na ftoi në bujtinë. Ishin ca dhoma të vogla si bordello, me një të kuqe që të vriste sytë, me shtretër me perde, muret mbushur me piktura seksi. Nuk i thamë asgjë, por ai e kuptoi që ne s'pëlqyem asgjë. Një tevaturë e trishtë dhe vulgare, një shpifërim i pështirë i gjithë asaj kështjelle aq madhështore e fisnike.

“Kemi dhe ashtu, zotërinj...”.

Sytë e mëdhenj i qeshën për herë të parë, një ndriçim si i lëbyrtë me një grimë talljeje dhe galdimi të rremë na krijoi një ndjesi të keqe, sikur na priste diku një kurth çburrërimi. E ndjenim në ajër se diçka ishte kurdisur. Mori përpara me një vrull prej djaloshi dendi, që s'i shkonte asfare atij trupi të gjatë e kaba dhe hapi një deriçkë prej dru arre, përplot gdhendje me skenëza dashurie, një përfytyrim vulgar, zemërndrydhës. Sapo hymë brenda na erdhën në vesh ca qeshje, si qelqe që thyhen enkas për gaz, ca fëshfërima e fjalë të huaja të shqiptuara prej vajzash, të cilat po bëheshin gati për diçka, që u shkaktonte grima dëfrimi.

"Ka ardhur mjeku, po s'ka gjë, mund të hyni!".

"Mund të xhirojmë?".

"Bëni ç'të doni!".

Ishin shtatë prostituta, të gjata, mishtorme, pothuajse të gjitha bionde, përveç njërës, që ishte e zezë, po tejet fine, sikur kishte dalë nga dora e ndonjë skulptori qejfli pas femrës.

"Ç'janë këto?".

"I sjellin djemtë. Ç'është e vërteta, këtu janë tranzit, se kanë destinacion Italinë. Vijnë e bëjnë një dorë qejf ministra e deputetë, se s'ka si ukrainaset, polaket dhe moldavet. Ajo e zeza është cigane, po e preferojnë shumë, spërdridhet kuçka, ulërin kur e bën. Tani kanë orën e konsultës me mjekun. Më besoni: janë krejt të kontrolluara".

Ishin vërtet të bukura, epshndjellëse, ta ngulnin atë syrin si të vajosur dhe lëpinin buzët me një joshje vulgare, përplot thirrma brutale.

"Edhe kështu paskeni?".

"Pse ju duket çudi? Të gjitha lokalet e qytetit janë të mbushura cit me gjithfarë femrash seksi, po si këtu s'gjen askund".

Ai njeri që nuk qeshte thuajse kurrë, ishte mbushur me djersë nga kënaqësia. Diçka nuk shkonte, bënte spikamë shëmtuese, tiparet e tij të pagdhendura prej fshatari të zgjuar e finok, që dinte të ruante një seriozitet e ftohtësinë prej njeriu me pushtet me ato femra të gjata e të zhdërvjellëta, që kishin në fytyrë shenja fisnikërie, hollësi delikate në tipare, sajesa që u shkonin syve, me bukuri magjepsëse, gojës së madhe të tultë e sensuale, hireve të tjera që kishin gdhendjen e imtë të një dore prej geni të qytetëruar e tashmë të degjeneruar, po gjithsesi duke ruajtur një dinjitet që nuk sakrifikohet në çdo rrethanë.

"Vazhdojmë, zotërinj... Kemi skena të tjera për ju".

Ngjitëm një palë shkallë druri lakadredhëse, tejet të ngushta dhe hymë në një korridor të gjatë, që vinte erë kanellë. Nuk u besuam syve kur pamë djem të vegjël dymbëdhjetë-trembëdhjetë vjeç dhe vajza po aq të vogla, që i kishin lyer e zhgërryer sikur të ishin zonja e zotërinj mondanë, që prisnin të vinte dikush. Kishin shumë ankth lëngues ata sy aq naivë.

"Mund të xhirojmë?".

"E keni lejen me pashë, zotërinj... Këto shkojnë më shumë. Po të vini në darkë, keni për të parë çudira që s'jua rrok truri... e them, pse ta fsheh, është prishur raca... Po ju xhironi... punoni për Amerikën?".

Kur dolëm prej andej po binte muzgu; një muzg si i lyer me të kuq buzësh prej atyre vajzave të vogla, që të shikonin si të rritura dhe nuk u shkonte ftesa që të lëshonin me një ndjellje që e sajonin dhe ashtu u mbetej, e pakryer, përmes një hutimi që të shtrëngonte zemrën e të dëshpëronte me gjithsej.

"Nuk do të hani darkë?".

Pamë njëri-tjetrin: "Kur vijnë ata?".

"Para mesnatës".

"Mund të xhirojmë gjithçka?".

"Patjetër, mund të xhironi ç'tju dojë qejfi. Zgjidhni dhe ju ndonjë nga ato, kaloni një natë te kulla e barit me nga një gotë në dorë. Atje fryn erë, kështu thonë, erë që të mbush me dalldi, dhe yjet mund t'i kapësh me dorë". Ai përsëriste fjalët që dëgjonte prej bujtësve, po nuk i shkonin.

Kishim pirë ca. Megjithëse ishim betuar të mos shkonim me asnjë prej atyre femrave, e bëmë atë që burrat i thyen gjithmonë: unë mora të zezën dhe nuk doja të ndahesha prej saj. Ishte e mrekullueshme. Kjo ndodhi para se të vinin ata. Ajo më kafshoi veshin dhe më pëshpëriti anglisht: "You are a animal. I like you so much, i kill you... I fuck you... shit!".

Erdhën ata, që ne përnatë i shikonim në TV dhe na detyronin ta mbyllnim ose të ndërronim kanal, se na mbyste neveria dhe një protestë poshtëruese për veten. Çudi, të zgjedhësh për burra shteti gjithmonë të neveriturit prej teje, sikur kështu është e thënë, ndërsa të urtët gjithmonë i shohim mënjanë e kujtohemi për ta kur vdesin. Poshtë, ku ishin të trafikuarat, dëgjoheshin epshet, lart të qarat dhe të lebetiturat. Ia mbathëm si vjedhës.

Të nesërmen, mora një mesazh: "Ka humbur kamera me gjithë kasetat... dhe baterinë e kanë shqyer nga priza...!".

Disa ditë më vonë, në një program televiziv për korrupsionin, pashë veten duke bërë seks me gruan e zezë. E humba vendin e punës. Ika nga Shqipëria. Tani jetoj në Montekarlo, fotograf rruge, kam prapë një dashnore të zezë, që nuk di të shajë dhe kjo më mungon.

JORGOS ATHANASOPULOS

Përkëdhelje vajtuese

I

Sy i gruas sime, saksi e dritës sime të derdhur
Dërgo o sy, çezmë e dashurisë rrëzëllitëse
pëllumbeshën tënde të shenjtë të dëgjohet mes bletëve
të bekojë të nesërmen tonë
të peshojë flatrat e guximit tonë
i kuq dhe i çarë si shegë e ndaluar
i lëngësht e i grunjtë si drapër pune
dërgo urdhrin agullor që të të jem besnik

Orët tona të para - ujëvarë e dendur
shtatorja jote ecën zbathur
kurorëzuar nga qashtërsia e vështrimit tim
fleta e ballit tënd
ruan kujtesën e gjithë behareve të mi
sytë e tu vezullojnë si e nesërmja e njeriut që e dashurojnë

Tryeza mes nesh prej hekuri
hekur i fortë
fletët e dritares të së nesërmes prej hekuri
hekur i palëvizshëm
Të dhashë të pije gjak e gjalpë
me thikën e rrumbullakët në drurin e çarë
me pikën e verës në buzë të shishes
E kisha parë qartë udhëtimin tonë. Por fundi i javës i
gjeti duart e tua të më flasin

Zakonet që më transfuzove në gjak
u zbehën

Humba krejt detin
Humba krejt syrin

Në oqean të errët lundroj çdo natë
pa trupin tënd përbri trupit tim
Nisje e humbur
Cilën fjalë s'do ta mësojmë kurrë?

Të njoh tashmë në thellësi
(nuk të panë sytë e mi mjaftueshëm)

Mungon dhe nuk të prek
Mungon dhe nuk të shoh

Përkëdhelja që të jap është e fshehtë dhe e pafund
nuk ka dritë as errësirë
nuk ka nënkresë

Qyteti ndaloi në derën tënde të jashtme
kështjella, deti, mëhalla e trenave
të gjitha ndaluan në derën tënde

Vite të tëra
vite të tëra ky qiell
pikonte gjak në të njëjtin vend

U ngjeshën rrënojat
zhapiku nuk po gjen rrugën

Çastet
të pranishme që më parë
loznin kukafshehthi

Përshkuam një kalim këmbësorësh
si shuhen sytë e tu
si perëndojnë gjatë puthjes

II

Ndjenjat anarkiste
copëza vitrine të flijuara

Të vërtetat e vogla u dehën
(kokrra shakaje të hidhur)
Pini vajza e djem të shoqërisë sonë
pihuni mes jush

Lot të fshehur e të thellë shtegtonin pas syve të tu
Mirëmëngjesi që të thashë
i kulluar si uji i burimit tim
arrinte gjer në pasojat më të skajshme

Dorëzoj emrin tënd
mbasi kështu mishi im të prek më mirë
më qëndrueshëm
Dhe të jap vetëm emrin e vogël
sepse kështu qëndrojmë të thjeshtë në përqafimin e botës
fizike
të bardhë ndërmjet të tjerëve
tek përsërisim lindjen tonë
pa frikëra qesharake

Pritja jonë - ndonëse qe ligështuar së tepërmi
u rrëmbye sërish mes diejsh sipërfaqësorë
dhe qiejsh të jashtëm

Dhjetë agime të ndrojtura

Mos e pushto gjakimin tim gjëmues

Lule femërore, shtrij dorën e të marr

Ndala fushën tonë të vogël katrore
të mbyllurën mes bebëzave të rrumbullakëta të syve të tu

brenda iridave të rrumbullakëta që përçlirojnë
e mbajnë zërat e botës sate
Gjethet e frymës tënde fëshfërijnë si një "faleminderit"
mbrëmësore

Mos më thuaj dashuria ime
mos turbullo qartësinë e prekjes sime
mos përziej pastërtinë e mishit
me tema të huaja

të vish

përkëdhelja

e vogël

përkëdhelja

Si u gjende
hënë e vogël e shndritshme
e gjitha e dhënë në lëmin e shtratit tim?

Sytë e tu
dymijëvjeçarë drite epshore
të pafundme

Goja jote ka gishtërinj shqisa heshtje
Sy të përkushtuar ndaj njohjes së papërlyer
faqe puthje qëllimmirë

mos u dridh

Kyç lakuriq i dorës i së bardhës orë
Ngurruese lëvizjet që zbuloj brenda
gjinj - ankime krenare ngrohtësie të vogël

Ti kurrë nuk mbaron

kurrë nuk mbaron ti
grua e bardhë
Kurrë nuk i mbyll qiejt e tu
Je lumi
që duhet ta përshkoj shumë herë
krejt lakuriq

Bashkë mbërritëm te ky vend - s'njiheshim
Të dy mbushëm një peizazh të gjerë
U prehën nyjëzimet e gjymtyrëve tona
Uji
qarkonte shpatet me rrjedhën e tij lakuriqe
dhe na përmbushte

Kemi nevojë të prehemi të gjallë
të larë me dhe e kripë
me një farëz pëshpëritëse në pëllëmbë
dhe zërin e një fletoreje

Vështroj afër
Vështroj larg
Bota është e vërtetë tejpërtej

them ringjalljen e Afërditës së kryqëzuar

Shkëputur nga pjesa "Ardhja" e vëllimit poetik "Poezi I" (1990-2011), Botimet Saikspirikon

Jorgos Athanasopulos lindi në Patra. Ndoqi studimet në Athinë e më pas në Paris. Ka punuar në Këshillin e Europës si përkthyes dhe jeton në Bruksel. Është themelues i revistës social - kulturore Θ.Ε.Α (Thea).

Shqipëroi Eleana Zhako

Djaloshi

Nëse nuk i shkruaj, gjërat nuk kanë shkuar deri në fund, veç janë jetuar.

Para pesë vjetësh kalova një natë hutuese me një të ri, që më shkruante prej një viti e ngulte këmbë të më takonte.

Shpesh kam bërë dashuri thjesht për t'iu shmangur shkrimit. Te lodhja dhe lëshimi i pashpresë i pasaktit doja të gjëja arsyet që të mos prisja më asgjë nga jeta. Shpresoja se duke i dhënë fund pritjes më të dhunshme që mund të kemi, asaj të derdhjes, do më ndihmonte të sigurohesha që s'ka kënaqësi më të epërme sesa ajo e shkrimit të një libri. Është ndoshta dëshira që zgjon shkrimi i një libri, të cilin hezitoja ta nisja, duke e ditur se sa punë do më hapte, që më shtyu ta merrja me vete në shtëpi A-në, për të pirë një gotë pas një darke në restorant, ku ai, për shkak të druajtjes, ndenji pothuajse gojëlidhur. Ishte gati tridhjetë vjet më i ri se unë.

Shiheshim fundjavave, ndërmjet të cilave filluam t'ia ndjenim mungesën njëri-tjetrit përherë e më tepër. Më thërriste çdo ditë prej një kabine telefonike, që të mos zgjonte dyshime te vajza me të cilën jetonte. Të përfshirë në rutinën e një bashkëjetese të parakohshme, nën peshën e provimeve, ata të dy asnjëherë s'kishin menduar se të bërit dashuri mund të ishte shumë më tepër se kënaqja e ngadalshme e një dëshire. Afshi me të cilën A. e përjetonte marrëdhënien e re, më lidhi shumë më tepër me të. Dalëngadalë, aventura po shndërrohej në histori që kishim dëshirë ta çonim deri në fund, pa e ditur fort se çfarë do të thoshte kjo gjë.

Kur u nda me shoqen e ajo u largua nga apartamenti, gjë që

më kënaqi e më lehtësoi, zakonisht shkoja në apartamentin e tij nga e premtja në darkë deri të hënën në mëngjes. Jetonte në Ruen, qytet në të cilin kisha studiuar edhe vet në vitet gjashtëdhjetë, e nga ajo kohë veç i bija mes për mes ndonjëherë sa për të vizituar varrin e prindërve në Y.

Sapo arrija, lëshoja ushqimet në kuzhinë, pa ua hequr ambalazhet, e bënim dashuri. Një disk muzikor lexohej ndërkohë që hynim në dhomë, më së shpeshti "The Doors". Në një moment s'dëgjoja më muzikë.

Akordet e thella të këngës She lives in the Love Street dhe zëri i Jim Morrison më pushtonin përsëri. Rrinim ashtu të shtrirë në dyshekun e hedhur drejt mbi dysheme. Kishte trafik të dendur në atë orë. Dritat e makinave projektoheshin nëpër mure, përmes dritareve të larta pa perde. Më dukej sikur s'isha ngritur kurrë prej të njëjtit shtrat që kur bëra tetëmbëdhjetë vjeç, shtrat i vendosur në vende të ndryshme, me burra të ndryshëm, por po aq të ngjashëm me njëri-tjetrin.

Apartamenti ndodhej përballë me "Hotel de Dieu", i boshatisur prej një viti e ku po bëheshin punime për ta shndërruar në zyra të prefekturës. Në mbrëmje, dritaret e ndërtesës ndriçoheshin e rrinin ashtu shpesh gjatë gjithë natës. Oborri i madh katror përpara zgjatej si një hapësirë me dritë-hije e i boshtë pas kangjellave të mbyllura. Shihja çatinë e zezë dhe kupolën e një kishe, që ngrihej pas saj. Përveç rojeve s'kishte njeri të gjallë. Pikërisht në atë vend, që në atë kohë ishte spital, më kishin sjellë kur isha studente me një gjakderdhje të madhe pas një aborti klandestin. S'më kujtohet se në cilin krah gjendej dhoma ku ndenja gjashtë ditë. Në këtë rastësi të çuditshme më dukej se shihja shenjat e një takimi misterioz dhe të një historie që do më duhej ta jetoja.

Të dielave pasdite, kur kishte mjegull, rrinim poshtë mbulesës, herë në gjumë e herë si përgjumshëm. Nga rruga e heshtur vinin zërat e kalimtarëve të rrallë, kryesisht të huaj, që jetonin në një qendër pritjeje jo fort larg. Ndjehesha atëherë si të isha në Y., fëmijë, kur lexoja afër nënës, që flinte e këputur prej lodhjes, krejt e veshur, mbi shtratin e saj. Kjo ndodhte të dielave kur shitoret ishin të mbyllura. S'kisha moshë e lëkundesha si e përhumbur prej një kohe në tjetrën.

Kisha rigjetur tek ai parehatinë dhe ato pak gjëra që kisha njohur edhe unë në fillim të jetës bashkëshortore me burrin tim kur ishim studentë. Mbi pllakat e ngrohjes, termostati i të cilave nuk funksiononte më, mund të piqnim ndonjë biftek, duke rrezikuar që mishi të ngjitej menjëherë për fundin e fulteres, të përgatisnim oriz apo makarona, pa mundur të kontrollonim derdhjet e ujit që vlonte. Frigoriferi i vjetër, temperatura e të cilit s'mund të rregullohej, e ngrinte sallatën në sirtarin e perimeve. Duheshin veshur tri triko për të përballuar të ftohtin e lagësht të dhomave me qiellzana të larta e dritare të paputhitura; e pamundshme të ngroheshin me radiatorët elektrikë të shkatërruar (...)

Ai mbante në vete krejt kujtesën e ditëve të mia të një tjetër kohe. Të përzieja sheqerin në fund të filxhanit të tij të kafesë, që të shkrinte më shpejt, t'ia këpusja makaronat, t'ia ndaja një molle në flegra, që i rrufiste duke i mbajtur në majë të thikës, kaq shumë gjeste të harruara e turbulluese rigjeta tek ai. Më dukej sikur isha prapë dhjetë-pesëmbëdhjetë vjeç e rrotull tavolinës me familjen dhe kushërinjtë, me lëkurë të bardhë e faqe të kuqe si prej Normandie. Ishte mishërim i së kaluarës. Me të po kaloja të gjitha moshat e jetës, e jetës sime (...)

Të bërit dashuri në dyshekun përtokë, darka në një qosh të tavolinës, tallandisja rinore, së cilës i isha dorëzuar lehtësisht, më jepnin ndjesinë e një përsëritjeje. Ndryshe prej kohës kur isha tetëmbëdhjetë apo njëzet e pesë vjeç e isha krejtësisht e përfshirë në atë që bëja, pa menduar as për të shkuarën, as për të ardhmen. Në Ruen, me A-në, kisha përshtypjen se po përsërisja gjeste e skena që kishin ndodhur, po riluaja si në një pjesë teatri rininë time. Ose, e thënë ndryshe: po shkruaja/jetoja një roman, episodet e të cilit i krijoja me kujdes (...)

Trupi im s'kishte më moshë. Mjaftonte shikimi i rëndë e qortues i klientëve në restorante për të ma bërë të qartë. Shikime të cilat jo që s'më bënin të turpërohesha, por më nxisnin të mos e fshihja fare lidhjen me një burrë "që mund të ishte biri im", përderisa çdo burrë i të pesëdhjetave mund të paraqitej me një vajzë, që qartazi nuk ishte e bija, pa qenë i sulmuar nga shikime kritike. Po unë e dija, thjesht duke i parë këto çifte të një moshe të pjekur, se fakti që dilja me një djalosh njëzetepesëvjeçar, ishte edhe për të shmangur pasjen përballë vetes, tërë kohën, fytyrën e shënjuar nga vitet të një burri të moshës sime, pra të plakjes sime. Përballë fytyrës së A. edhe e imja dukej e re. Burrat e kanë ditur këtë gjë prej kohësh: as që më shkonte ndërmend ta privoja veten (...)

Shpesh e më shpesh më dukej se mund të stivoja pamje, përvoja, vite pa ndjerë asgjë, me përjashtim të ndjesisë së përsëritjes. Kisha përshtypjen që isha sa e pavdekshme, po aq edhe e vdekur në të njëjtën kohë, siç është nëna ime në një ëndërr, që e shoh shpesh, e kur zgjohem mëngjeseve për disa çaste jam e sigurt që ajo jeton me të vërtetë me këtë formë të dyzuar. Kjo ndjesi qe shenjë se roli i tij si prijës i kohës në jetën time mori fund. Edhe i imi si mësuese në të tijën, po ashtu. Iku nga Ruen për në Paris.

Iu ktheva tregimit për abortin klandestin, të cilit i vija rrotull prej kohësh. Sa më shumë ecja në shkrimin e kësaj ngjarjeje, që kishte ndodhur para se A. të lindte, aq më tepër ndjehesha e shtyrë në mënyrë të parezistueshme të ndahesha prej tij. Sikur doja ta shkëpusja e ta nxirrja nga vetja, siç kisha bërë me embrionin para tridhjetë vjetësh. Punoja pa ndërprerje mbi këtë tregim, me një strategji të qartë largimi e shkëputjeje. Me një diferencë prej pak javësh, fundi i marrëdhënies rastisi me fundin e librit.

Ishte vjeshta e fundit e shekullit të njëzetë. Ndjehesha e lumtur të hyja e vetme dhe e lirë në mijëvjeçarin e tretë.

Përktheu nga frëngjishtja: Arbër Ahmetaj

ORNELA MUSABELLIU

Dua më shumë...!

Pasi e thashë e vendosur për të satën herë "do ndahemi", ai u dorëzua dhe bëri atë që s'duhej; tha "dakord" dhe më hodhi atë vështrimin epshndjellës, që mua më ndez edhe në momentet kur nuk e duroj dot fare, aq sa mendoj se është e vetmja krijesë e kësaj bote që mund ta mbys me duart e mia. Nuk e di nëse ai shikim i erdhi i paqëllimtë apo si një ngazëllim i brendshëm e i pakontrolluar, që të më shihte të poshtërohesha tek lusja seksin e tij të më tërbonte, si për t'i vënë vulën i fundit, me një lloj krenarie prej burri, asaj marrëdhënieje që po e çonim në djall... por as që më interesoi. Iu ngjesha në kraharor dhe e ndezur ia kafshova buzët, qafën. Ndjeva të më fërkohej në bark ajo gjë e mishtë, që i merr përmasa të frikshme kur ndien dhe nga larg feromonet e mia të dalldisura. Më njeh. Më mirë se kushdo tjetër. E di që i përkas asaj race që jeton për kënaqësinë, për çmenduritë e çartura, të plota. Asgjë me pak, asgjë përgjysmë... më ngazëllen tepria në gjithçka. Nëse në një darkë me miq, të gjithë mendojnë ta mbyllim te gota e pestë, unë jam ajo që propozoj edhe një tjetër, të fundit... edhe një cigare, të fundit... edhe pesë minuta... edhe një shëtitje në shi dhe kthehemi... e kështu me radhë tekat e mia, që më çojnë drejt përhumbjes në kënaqësi.

Me të gjitha këto u prezantua që kur u njohëm, kur pinim e kërcenim të dalldisur nga magjia e asaj nate që lahej nga drita e hënës mbi liqen dhe ajo rrjetë poçesh flakëruese, që na ndriçonin mbi kokë në dasmën e dy miqve të përbashkët. Unë isha e ftuara e nuses dhe ai i dhëndrit. Shkuam me të tjerë në festë e u larguam të dy. Ashtu gati të dehur përfunduam në shtratin e tij. Edhe sikur asgjë tjetër të mos kujtoja, nuk mund të harroja sa përthithëse dhe e plotë ishte tërheqja e dy trupave tanë. Pas një jave u shpërngula në shtëpinë e tij;

pas dy javësh më tha se më donte e gjithçka shkoi për bukuri për tre vjet, deri atë mbrëmje kur vari në mur fotografinë tonë e u pështjellova krejt. Një ndjesi e çuditshme më zgavroi së brendshmi ditë pas dite; kur mbyllej me punët e veta më tërbonte heshtja e tij; kur më avitej i qeshur e niste të më tregonte për orët e kaluara larg meje apo planet e së ardhmes një ndjesi e lehtë neverie më mblidhej deri në grykë e më vinte t'i ulërija: "Hesht!"; kur më puthte më vinte ta kafshoja; kur më sillte trëndafila mendoja se ai do ishte burri më romantik dhe më i bukur në botë nëse do ta qepte gojën...

Sigurisht, nuk po mendoja këto kur më ktheu me shpinë nga vetja, më përkuli me vrull mbi krahun e kolltukut, hyri brenda meje si i tërbuar dhe pyeti mes ulërimash e gulçesh:

- A s'do të marrë malli për këtë?

- Pooo, - iu përgjigja e mekur.

- Atëherë mos ik!

- Do iki!

- Budallaqe e mjerë! Unë të dua shumë!

- Më shumë di si të ma bësh, sesa...

- Unë çmendem pas teje!

- Edhe unë çmendem, por kjo ndodh rrallë. Dua më shumë!

Heshti dhe vazhdoi të përplasej më fort derisa hungëriu si luan i plagosur dhe m'u plandos sipër. Ma rrethoi belin me krahë dhe m'i futi duart nën bark. Më shtrëngoi fort e mes belbëzimesh e koklimeve të frymëmarrjes pëshpëriti:

- Nga ky bark dua dy këlyshë të bukur e të çmendur si ti.

E shtyva tej, ngrita shpejt e shpejt mbathjet, pantallonat, kreha me gishta flokët dhe hyra në banjë. I hodha një ujë fytyrës dhe teksa fshihesha me peshqirin e butë, i fola vetes në pasqyrë:

"Dy fëmijë të çmendur si unë dhe një burrë që më do... Apo më shumë?".

MITRUSH KUTELI

Natë gushti

Përtej valëve të kohës

I

Të vërtetën e së vërtetës, as unë s'di t'ju them sa breza kanë shkuar që kur u prish e u shkretua Katjeli i Mokrës.

Mbaj mënt vetëm se kam dëgjuar nga pleqt'e lashtë, e këta nga pleqt'e tyre se ky Katjeli i Mokrës paska qënë dikur pesë-a-gjashtë breza më parë një fshat i math me kamje e gjë të gjallë shumë. Vëndësit e tija paskëshin qënë trima të ndjerë e paskëshin lëftuar me të vërtetë si burra, në ballën e burrave, për të mbruar vendin e nderë nga turku.

Nga ky shkak kur e paska marrë turku e paska prishur e shkretuar sa s'mbeti gur-mi-gur.

Sot në gjithë grykën ku pat qënë dikur katundi, ka pyje gështenjash, driza e dëllinja. Viset sheshe të pllajave janë bërë luadhe e ara, ku thekri na rritet dy bojë njeriu. Në vise-vise duken edhe sot, afron një me dhenë, themelet e mureve të vjetër, si krëhërë të dalë nga lëndina. Në vjeshtë a në prenverë kur damalugu hap brazda që dërmohen si bukevale, andej-këndej dalin copa plloça të gëdhendura me dorë e tulla të kuqe mun si flaka e zjarrit. Në dimër sbresin gjer këtu poshtë bishat e malit.

Vetëm kjo kodra e Shën-e-Djelës ku pat qënë dikur kisha e fshatit, ka mbetur edhe sot e pacënosur prej dorës së njeriut. Vendi i saj as lërohet, as mbillet, as korret. Këtu njihen edhe sot murishtat e vjetra të kishës e rrasat e rënda të themelit të pa blojtura prej kohës. Reth-e-rotull duken gurë varresh, me çipe të mbuluar me myshk. Në mes të kishës së Shën-e-Djelës që i përngjan një anije së fundosur nër ujra, dheu është pak si i batisur dhe çapet godasin më bosh.

Një pëlhurë fshehtësije, që të bën të bjesh në mendime, mbulon të gjitha këto vise edhe gjyrmat e lashta. Fshatarët që ngjiten të korrin thekrat a të mbledhin geshtenjat edhe barinjtë rrëfejnë se shumë herë, e më fort në netët me hënë, dalin e shëtisin nëpër murishta e lëndina njerës të mbëdhenj, të veshur me mëngore e fustane të bardha, që shduken e treten më të thyerët të natës.

Vraga që nis nga an'e djathtë e Shën-e-Djelës sbret në fshat buzë-liqerit, kur se ajo që nis nga an'e mëngjër, ndrethon nëpër pyllin e dendur të gështenjave dyke ngjitur e dyke sbritur kurrizet e çukave, e del mi Gurin e Kol Branës, një rrasë e lartër dy-tre hostene që qëndron vëngër mi greminat e bregut.

Rrëfejnë gojë-pas-goje pleqtë e lashtë se këtu pat qënë, dikur, një qytezë e vogël, qyteza e Zotit Kol Branë Katjelit.

Edhe thonë se këtij Kol Branës i paskan humbur në luftat e asaj kohe, kur hyri turku në Shqipëri, të pesë djemtë e gjithë nipërija. Edhe si iu sosnë këta të gjithë edhe turqit iu afruan Katjelit, Kol Brana ngjiti shkallët e gurta të qytezës, mbylli dyerët edhe priti të afrohet rrebeshi. E atëhere kur ardhi armiku as dora, as këmba nuk iu droth nga pleqërija. Shumë kohë gryka buçiti si buçet kur luftojnë trimat e ballit.

Lëftonte Zoti Kol Brana vetë...

Më von, kur kështjella ra, nuk u-gjend brenda përveç se një plak i thinjur me gjoksin e mbushur plot plagë.

Zoti Kol Brana nuk ishte më në jetë. Që asaj kohe muret e kështjellës u gremisnë e mbretërija e dëllinjave u mori vendin. Vetëm Guri i Kol Branës, si i thonë edhe sot, ka mbetur i patundur prej valëve të kohës e prej valëve të turkut.

II

Vendin ku pat qënë dikur Katjeli i Mokrës edhe Kisha e Shën-e-Djelës e kam shkelur dendur, vetë me këmbët e mija.

Në vogëli ne djemuria e fshatit ngjiteshim gjer atje për të mbledhur, si pas zakonit të vjetër, poleska e manushaqe për llazoret e vashave. Kjo ngjante në Mars a në Prill kur gjelbëronin pllajat e korijeve e kur të velte era e luleve. Vinim pastaj më von për të marrë shëndet, kur lulëzonin gështenjat edhe mbushnim krahët me xhigerë të bardhë e të verdhë. Kur sbriste tatëpjetë era e malit, sillte gjer brenda në fshat fije nga lulet e tyre.

Shëmbitrit e Listopadhit, gjer afrohej dëbora, ngjiteshim rëndom për të mbledhur do-një gështenjë nga drutë e Gjergollinjve.

Por e vërteta është se në atë kohë vinja në Katjel ditën e kthehesha më të ngrysur. Rasti për të ndenjur një natë të tërë m'u çfaq më von, sot e disa vjet.

E ja se qysh:

Atij moti kisha ardhur që larg, nga vënd'i huaj, për të shkuar pushimet e verës. Kisha dëgjuar se dy miq të mirë të derës s'onë, e mbase far'e fis, kërkonin hazna ku ishin e ku s'ishin. E prandaj, sa mbante vera e gjer afrohej Shëmbitri, shëtisnim viset e Mokrës, mal- më-mal e breg-më-breg, të tërhequr prej ndriçimit magjistar të florinjve që i thërrisnin që ndënëdhe.

Ç'është e drejtë fshati qeshte me ta, po kjo nuk i ndalonte asfare të shëkojnë punën si u thesh shpirti. Një natë njërit prej tyre iu paskej fanitur në ëndër një vashë e re, e veshur në të bardha, si vishen grarija e Mokrës, edhe i paske thënë:

- Jam ne Shën-e-Djela-e-Katjelit, njëzet e pesë pash nga kisha, andej nga e djathta: As eja e më nxir!

Kjo i paskej ngjarë më dy javë të Gushtit, më të gëdhirë të Shënmërisë. Edhe ky si paske pritur disa ditë gjer të përtëritet hëna, një ndajnatë, ay një, unë dy e një shok tjetër tre, ja muarrmë për në Katjel.

Ishim në Shën-e-Djelë kur hënëza e re filloj të ngrihet që përtej Malit të Thatë. E kuqe si prushi në llim, kjo hën'e Gushtit na u bë më von si e larë në ergjënd. E gjithë malet e gjithë brigjet edhe gjith liqeri u mbuluan me një linjë të bardhë.

Miqt'e mij, që s'kishin kohë të vështrojnë as hënë e as çudit e tjera të kësaj nate Gushti, nxuar nga torba një litar e disa kazma, shënuam vendin njëzet e pesë pashe nga an'e djathtë e mezit të kishës edhe nisnë të rëmojnë. Në fillim rëmuan që të dy e më pastaj, kur gropa u fellua, radhë pas radhe, njëri punonte kazmën dhe tjetri lopatën. Toka ish e ngjeshur fort dhe e lidhur me fije rënje gështenje.

Puna mbajti afro dy orë, gjer sa hëna u ngjit në kuben e qellit. E në qetësinë e fellë të kësaj nate vere goditjet e kazmës sikur ishin rënkime të mbytura që dilnin nga bota tjetër. Nga do-një shpesh pa fole dilte dendur prej pylli e si hithte hijen e tij të rëndë mi murishtat e Shën-e- Djelës, humbiste rishtas në pyll.

Kazma rëmonte-rëmonte e rënkimet e botës tjatër madhoheshin-madhoheshin...

Tanithi në gropë na u tfaq një lloj shtrati i hirtë si gur shurak dhe midis tij disa drudheza të bardha që ngjanin me iskra eshtrash.

Kazma pushoj.

- Këtu paska qënë varr, - përshpëriti njëri nga miqtë që ish brenda në gropë.

Tjatri u-unj, mori pak dhé në dorë, e thërmoj edhe foli:

- Varr paska qënë, vërtet...

Dhe shtoj:

- Qënkemi në varret e Katjelit të vjetër.

U unja edhe unë pranë gropës së hapur, dyke gjunjëzuar në tokën e nxjerë jashtë. Atëhere një dorë u sgjat së brendëshmi, (dora e mikut, pa fjalë!) e më la në pëllëmbë një aspër të bardhë, një lloj kostandinari me shkronja të blojtura. Pas pak dora dolli së rish me një kryqëz të artë e me një send të çudiçmë që i ngjante njëj vëthi. Të paktën kësilloj gjykuam ne të tre. Dhe me qënë se gjykuam kësilloj, shokët vëzhguan me vërrejtje të himët të gjejnë edhe tjatrin. Po vëzhgimi na vajti më kot se vëthi tjatër duket se u pat përzjerë me tokën, në rëmijte e sipër, dhe në vënt të vëthit gjetmë një lloj rënje që mbante erë temjani.

Ky pat qënë thesari që nxuarmë në Shën-e-Djelë, në atë mesnatë Gushti, me hënën pesëmbëdhjetë mi krye.

Shokët e mij nuk ishin as fort të gëzuar as fort të dëshpëruar. Si pas gjuhës së tyre në këtë gjah të thesarëve nuk lipset të dëshpërohesh lehtë se vjen nata e lumtur kur kush duron trashëgon... E kjo më fort kësaj radhe kur kishin gjyrmën e thesarit i cili mundej të gjindej ja pesë pash më lart, ja pesë pash më poshtë.

Mua kjo ngjarje më vuri në mendime. E kur miqt e mij hithnin prapë në gropë dherin e nxjerë që të mos lenë gjyrmë, rashë të çlodhem nër barishta. Që brenda, nga gjiri i pyllit, ndjenja tani shkoqitur rëgëtimet e mburimeve. Përtej, midis malesh, dukej një çip i liqerit i iskrosur prej do-një ere që sbriste nga gryka.

- Vallë ç'mall e dëshirë e pat shtyrë vashën e varrit t'i shtihet në ëndër një gjahtari thesarësh? Mos e shtrëngonte, vallë, fort ky zëndani i varrit a mos dëshëronte të vështrojë hënën e plotë e të ndjejë erën e luleve dhe të barit? A mos e kish marrë malli për tingëllimin e zileve e për rëgëtimën e kronjve?

E sikur më vinte keq se nuk u paskesha lindur në një kohë tjatër, disa breza më parë...

E kur mendohesha kësilloj gropa u pat mbuluar e sheshuar dhe mi 'të ish ndezur tani një zjarr me shkorreta për të humbur gjyrmën e kërkimeve. E mua ky zjarri më dukej sikur ish nuri që digjej mi varrin e një vashe që pat vdekur e re...

E sepse nata ish e bukur po si një natë pralle, si s'rrëfehet dot me gojë, gjumin e parë vendosmë t'a bëjmë në një padinë të vogël me bar të njomë, aty mi krua.

- S'bën të flemë pranë krojt, - foli një nga shokët, - se natën vozitën hije.

- Ky vend ësht'i shkelur nga të bardhat, - vazhdoj gjith ay me një lloj dridhje të fshehtë në zemër.

Po sepse ne s'i vumë veshin, fjalët e tij i mori era edhe ra pas vragës s'onë.

Shtruam disa shtrate fjer në padinë edhe ramë të flemë. Mbulesë kishim qellin e sbardhëllyer prej pahut të hënës. Fjeri e gjethet na mbytnin me erën e tyre. E sa të nëmërosh gjer më pesë, miqtë e mij i mori gjumi.

Vetëm mua harroj të më marrë.

Rinja në shtratin e njomë me duart nënë krye: vështronja qellin e dëgjonja regëtimet e krojt edhe rënkimet e pyllit. Që të largoj mendimet e pyetjet e vetëvetes fillova të nëmëroj yjet. E ndava kuben që sipër meje në tri pjesë me vija përçarthe edhe nisa nga pjesa që mi Rrëzhan. Vura më nj'anë tridhjet e tre yj më të ndriçme, dyzet e pesë më të shuar dhe nuk di sa yjeze të tretura. Po këto lëvrinin pa pushuar e dukeshin e çdukeshin rishtas sa që syt e mij nuk kishin se qysh t'u dalin zot. Pastaj, s'di se qysh, vijat e mija u fshinë dhe yjtë u ngatëruan po si mendimi im.

M'u kujtua pralla e të Bir' të Mbret dhe e Vashës së kopshtarit që i ngjante së Bukurës së Dheut:

- Vashë, o moj vashë, sa yjez ka qelli?

- O i Bir'i Mbret, o i Bir'i Mbret, sa lule ka fusha?

Pa dalngadal-e-dalngadal pyetjet e përgjigjiet ç'u bënë ujem me yjt e Rrëzhanit e me rëgëtimet e mburimit. E m'u duk sikur nga hija e gështenjave dolli një linj e bardhë e shkiti si erë gjer ne padina e nga mezi i saj ç'u fanit një vashë.

- Flenë që të tre? - pyeti një zë i njomë.

- Flenë, - iu përgjigj një tjatër.

Edhe ndjeva pastaj sikur një dorë e bryllët, (pa fjalë dora e vashës linjë-madhe) që m'i preku e m'i magjepsi qëpallat...

Atëhere fjeta me të vërtet.

III

...Dalngadal-e-dalngadal sikur prej qënies së sotme filloj të ngrihet një lloj mbulese e himët e hendur prej valëve të kohës. Kjo na i ngjante një pëlhure që u hepua e u firos në mugëtirë. Atëhere valët e dheut e të lëndinave, të derdhura mi mure e gurë, se ç'u tërhoqnë më nj'anë si pas një urdhërate, edhe, sa të mbyllësh e sa të hapësh sytë, të gjitha ndërtesat e moçme u rritnë sikush në vend të vet. Tani Katjeli, ky fshat i bukur i Zotit Nikoll Branës, m'u faneps ashtu sikundër se pat qënë katër-a-pesë breza më parë. Në fillim thashë se jam në ëndër a më pat magjepsur dora e vashës që doli nga fletët e gështenjave e prandaj rraha të gjej fillin e vërtetë të qënies së vërtetë, sepse ndjenja në shpirt një lloj përzjerje midis dy shekuj të ndryshmë. Katjeli ish, pa fjalë, Katjel, me kopshte e shtëpi të gurta, sindozot se pat qënë qëmoti, po mëndja ime kish mbetur në një mot tjatër, më të ri. Ndjenja sikur gjendesha midis dy botë të ngatëruara njëra me tjatrën: bota e sotme dhe bota e perënduar. Disa grima m'u duk edhe sikur gjendesha në dy vise të ndryshme: në gërmadhat afron pa gjyrmë të Katjelit dhe në Katjelin e moçmë, të pa cenosur prej valëve të kohës.

Po kjo nuk u sgjat fort sepse mëndja m u këthjelltësua shpejt e shpejt edhe ja se ç'u gjenda krejt, me trup e shpirt, në Katjelin e Mokrës, në kohën e Zotit të Shqipërisë Gjergj Kastrioti.

Shtëpitë e fshatit ishin të gurta e të mbuluara me plloça dhe rruga e shtruar me gurë shpinte ne kisha e Zonjës-Shën-e-Djelë.

E ç'u pikasa asohere se unë qënkesha Rodovani, Rodovani i Vllastar Katjelit, djalë i ri i veshur me mengore liri, me tirqe e me fustane kinda-kinda. Pa m'u kujtua atëhere, në vitin e Tënëzot një mijë e katër qint gjashtëdhjet e tre, se mbretëronte në zemrën t'ime Engjëllina e motra e Kostandinit. Kjo Engjëllina na ish nga bukurija mi gjithë shoqet e fshatit e ky Kostandini na ish trimthi më i ndjerë e vëllajthi im m'i dhemshur. Edhe sepse më kish marrë malli fort për këtë t'fejuarën e shpirtit t'im pata sbritur asaj dite ne Kroj ku vinin për ujë vashat e Katjelit. Po ne Kroj nuk u patnë ndodhur përveç dy vasha të tjera. E njëra prej tyre, që m'a dinte brengën e tetëmbëdhjete vjeteve, më pat folur kesilloj:

- Rodovan, o Rodovan, Engjëllina se bashku me Kostandinin po të presin lart ne Zonja-Shën-e-Djelë, ku do fillojë vallja e Ristozit-Tenezot.

Atëhere m'u kujtua se, me të vërtet, ish dit e tretë e Pashkës së Madhe kur vashat e fshatit heqin vallen e Ristozit ne Sheshi-i-Shën-e-Djelës. Atje ç'e pashë, me të vërtet, Engjëllinën t'ime të bukur si ftoj i bardhë, të bryllët si er'e malit.

Disa nga vashat e fshatit këndonin këngën e Ristozit me

një zë që të lavoste zemrën dhe hiqnin vallen dyke dredhur e përdredhur bel e hollë si mënjolla, ku ndiçonte brezi i ergjëndë me korën e Shën-e-Djelës në mes. Engjëllina se ç'më ish në kryen e valles dhe gjithë syt e botës se ç'e ndiqnin.

Kaqe bukuri, Ynëzot! s'kam parë as nër të gjall', as nër të vdekur! E jo se xhëllon e saj me tri kurorë rethit kish gjithë ngjyrat e prenverës, gjithë arin e yjve e gjith ergjëndin e hënës, po se kurm i saj – që në krye e tatëpjetë - s'kish të ngjarë...

Pa se kur m'a hasi vështrimin fytyra se ç'iu ndes si prushi edhe unji kryet tatëpjetë. Atëhere, (flas me të drejtën e Zotit!) nga malli e gazi shpirti m'u pat dredhur sindozot se dridhet flet e plepit kur fryn era.

Po se asohere, (një grimë vetëm, një grimë të errët, kur i pashë kryeqethin e gushës edhe vëthëzat e veshit!) m'u pat kujtuar kjo jet'e sotme e pështirë, ëndra e mikut t'im me vashën q'e pat thirrur në Shën-e-Djelë, gropa e hapur në një natë me hënë pikërisht në vendin ku më buzëqeshte aqe ëmbël Engjëllina ime, dhe jeta e bot'e tërë m'u patnë dukur të murme e pa shije, si uji pas një lëngate.

Atë ças ndjeva mi sup dorën e Kostandinit edhe fytyra e tij që më nxirte mallin e Engjëllinës s'ime më solli rishtas në ujrat e para të lume.

- Rodovan, vëllajthi im, përse të shoh të menduar?

E atëhere pushoj vallja e vashave e Engjëllina na ardhi pranë. E kur më ardhi Engjëllina pranë m'u duk sikur një djellë m'u pat lindur në shpirt...

U gjenda pastaj në një tjatër shesh ku trimat e fshatit, me Kostandinë në krye, tregonin mjeshërinë e shigjetës e të shpatës. E ish asaj dite në Katjelin e Mokrës një brithmë e një gas si nuk pat qënë as një herë...

...Pastaj s'di se qysh, filli i jetës së parë sikur u këput prej dore njeriu.

Unë Rodovani i Vllastarit sikur isha gjith në Katjelin e Mokrës po se tanithi ky fshati ynë sikur paske humbur brithmën e gazin e parë. Një ushtëtar kaluar paskej sjellë brenda në fshat lajmin e zi se qeni - turk po vinte në viset t'ona me zhurmë daulle, me gjak e zjarr si turk që ish.

Ndjeva asohere se që nga kodra e Shën-e-Djelës sbriste tatëpjetë tingëllimi i dredhur i kambanës që hepohej e tretej në grykën e lumit sindëkur se sbriste në një tjatër botë. Djemt e fshatit me shtijza në dorë e shpata për brezi ngjiteshin me nxitim në kodrën e kishës ku do mblidhej pleqërija. Pa m'u duk sikur burrat e fshatit t'ënë paskëshin shkuar në luftë e dhogat e zeza që mbyllnin dritaret tregonin se shumë nga shtëpitë e Katjelit kishin mbetur të shkreta e pa zot.

Nxitova çapet që të arrij shokët. U gjendmë befas ne Sheshi-i-Shën-e-Djelës ku ish mbledhur fshati gjithë për fjalë e kuvend. Tingëlli i kambanës ish shojtur dhe një qetësi e rëndë kish rënë mi botë.

Që brenda, nga Kisha e Zonjës-Shën-e-Djelë, vinin pëshpëritje të mbytura. Pleqtë e të parët, të gjithë veshur me floke të bardha, nxuar kësullat e hynë dyke u krusur, në derën e unjtër të faltorës.

Sbrita edhe unë shkallët e gurta edhe u gjenda brenda në Shën-e-Djelë.

Erë temjani e qirinjsh.

Flagë të arta kandilesh.

Zëri i ngadalëshmë i uratës.

- T'i lutemi Zotit...

Pleqtë qëndronin kryeunjur e dëgjonin me bindje të kënduarat e lutjet që vinin nga alltari. Plakat e gratë u faleshin korave.

- Ynëzot! Ynëzot!... na mbaj në hijen T'ënde!

- Ynëzot! Ynëzot!... na mbruaj nga armiku! Ynëzot! Ynëzot!... na mbruaj foshnjat e të miturit!

- Ynëzot! Ynëzot! Ynëzot!...

Ç'u gjenda pastaj sërish në Shesh.

Ne të rinjtë qëndronim më këmbë, pakëz më tej.

Burrat midis moshës s'onë e midis pleqve ishin të paktë. Këta kishin zënë grykat e viset ku do shkonte qeni - turk. Pleqtë kishin ndenjur në lëndinë, pranë varreve, e bisedonin.

Heshtje e rëndë si plumbi.

Pleqtë mbaruan kuvendin edhe u ngritnë më këmbë. Ne të rinjtë, që ishim si do një qint veta, u afruam. Disa gra, te thyera nga mosha e nga brengat, bënë dy- tre çape.

Pa midis pleqve se ç'dolli një plak bujar i lashtë e shpatullgjërë, si ishin burrat e asaj kohe, e na vështrojmë një vështrim shqiponje.

Ky qënke vetë Zoti Nikoll Brana i Katjelit. Dikush më pëshpëriti:

- Ligjëron Zoti ynë Nikoll Brana.

E me të vërtet pas dy-tri grima dëgjova kuvendin e Zotit Nikoll Branë Katjelit.

Na foli mi të këqijat që punonte turku që linte kudo që shkelte, hi e varre, mi luftat e arbërve e mi trimëritë e tyre.

Pastaj, e këtu ç'iu pat errur balla si nata, kuvëndoj mi një armik, arbër nga gjaku, me emrin Ballaban, që vinte në ballën e turkut për të prishur vëllezërit e vendin e tij.

- Mallkuar qoftë për jetën e jetës! - foli urata i Shën-e-Djelës.

- Mallkuar qoftë bres-pas-brezi! - folë pleqërija.

- Prej shpate arbëri iu derthtë gjaku! - mbylli urata.

E pastaj u bënë disa grime qetësije që të përmbushet mallkimi. Tingëllimi i kambanës, i dalë vet-vetiu, e shpuri përtej, mbase vetë ne Zot i math e i vertetë, mallkimin e rëndë.

Ky Zoti Kol Brana ç'na u drejtua pastaj neve të rinjve e na ligjëroj kuvendin që kish dërguar Gjergj Kastrioti, Prengu i Krujës e Kryezoti i arbërit: t'i bjemë befas turkut nga malet e ti japëm gjëmën e zezë.

Djemtë ngritnë lart shpatat dyke u lidhur për besën e trimave e për Tënëzotin.

Urata na bekoj. Mëmat na pushtuan me lotë në sy.

Mua më rrihte zemra si zogu nër leqe, se ndjesha si i ndarë midis dy botë të ndryshme. Befas m'u pat fanitur përpara Gjoni i Prendit, i veshur me fustane kinda-kinda, me helme në krye, me pafta ergjëndi në gjoks e me shtijëzë në dorë. Ish nga trupi i kalorisë.

- Eja, Rodovan, për Tënëzotin!...

Atëhere u ndjeva rishtas i gjith asaj bote dhe hyra midis shokëve. Zoti Nikoll Brana që ish në krye t'onë, nipër e stërnipër, i ngjante njëj Shëndëlliu-plak me shpatë në dorë...

Hodha vështrimin përtej e m'u duk sikur një vashë, që i

përngjante kësaj Engjëllinës s'ime, më vështronte me mall e brengë e ndofta dyke lotuar...

Këtu filli i ëndrës së Katjelit m'u këput befas. U sgjova i lodhur, sikur pata bredhur gjithë malet. Era shushëllinte midis fletëve të gështenjave. Hije të rënda lëngonin mbi murishtat e Katjelit. Hëna po shdukej përtej, mi malet e Mokrës, edhe liqeri hynte në këllëfin e natës.

**Filluar në Pogradec më 1926, mbaruar në Bukuresht në dimrin e vitit 1938, rivështruar në Tiranë më 1944-n.*

www.ingramcontent.com/pod-product-compliance
Lightning Source LLC
LaVergne TN
LVHW101914220826
846093LV00008B/248

* 9 7 8 2 3 9 0 6 9 0 1 1 5 *